Les Éditions du Boréal
4447, rue Saint-Denis
Montréal (Québec) H 2 J 2 L 2
www.editionsboreal.qc.ca

TESTAMENT

DU MÊME AUTEUR

Testament, roman, Le Quartanier, 2012 ; Boréal,
  coll. « Boréal compact », 2014

Drama Queens, roman, Le Quartanier, 2014

Vickie Gendreau

TESTAMENT

roman

LE QUARTANIER

© Le Quartanier 2012 pour l'édition originale
© Les Éditions du Boréal 2014 pour la présente édition

Cet ouvrage a d'abord été publié par Le Quartanier en 2012.

Dépôt légal : 1er trimestre 2014
Bibliothèque et Archives nationales du Québec

Diffusion au Canada : Dimedia
Diffusion et distribution en Europe : Volumen

Catalogage avant publication de Bibliothèque et Archives nationales
du Québec et Bibliothèque et Archives Canada
Gendreau, Vickie, 1989-2013
    Testament
    (Boréal compact ; 269)
    Éd. originale : Montréal : Le Quartanier, 2012.
    Publ. à l'origine dans la coll. : Série QR.
    ISBN 978-2-7646-2293-3
    I. Titre.
PS8613.E535T47 2014   C843'.6   C2013-942410-5
PS9613.E535T47 2014

PAVILLON A

VICKIE

Avant de commencer, je te montre ma carte, tu vérifies ton registre. Je suis la bonne fille, je suis bien l'auteure de ce livre, j'ai accès au pavillon. Sur la photo, j'ai les joues gonflées. Dans la chair, j'ai les joues creuses. Tu n'es pas regardant. Tu te concentres sur les mots. Je franchis la porte coulissante. Il y a des lucioles huit et demi par onze qui me suivent. Tu es curieux. Tu viens attendre l'ascenseur avec moi. Je te dis de prendre ma vie entre tes mains. Les lucioles se rapprochent. L'ascenseur arrive. Tu sautes dedans. Les lucioles aussi. Quel étage? Troisième sous-sol.

STANISLAS

Elle nous a mis en relation, tous. Elle et moi, moi et ses amis. Un cercle parfait, clair disque de petite renommée. Elle a pris soin de ne pas nous nommer. Je tiens le livre entre mes mains moi aussi. Je vais le lire en même temps que toi. Moi aussi, je compte crier.

RAPHAËLLE

Avant le début de ses traitements, non-stop pendant une journée et demie, elle nous a écrit. Tout ce qui ruisselait en elle reversé dans des clés USB, glissées dans des enveloppes brunes distribuées par son ami Mathieu. Pauvre Mathieu. Comme ça doit être difficile de savoir et d'avoir su. Pauvres fennecs sans logis. Pauvre littérature sans logis.

VICKIE

J'ai le jus de pomme triste, le Virgin triste, le Tia triste, je n'ai plus de crème fouettée, j'ai le jus de tomate triste, le thé vert triste, le club sandwich triste, les croquettes du McDo passées au blender tristes, la mâchoire aussi, je n'ai plus de morphine, j'ai la tisane à la poire triste, le brunch sad, le milkshake totalement déprimé, l'eau de la piscine triste, le chlore triste, le lait triste, le mélange triste, le verre d'eau triste, le moût de pomme triste, la flûte à champagne à l'envers. Les larmes sucrées. Le beigne liquidé. Le poil incarné vidé. Du pus plein les bobettes. Les bobettes sur le comptoir. On est le 6 juin 2012 et je suis triste. Et toujours nue pour personne. Dans un grand lit vide. Avec cet infini verre à vider. Les autres adjectifs me boudent. Attitude triste, moulin triste, je ne dors pas, je ne dormirai plus jamais.

MAXIME

Un homme en noir s'avance. Il lui donne un fennec en laisse. Je vois d'autres gens derrière avec d'autres fennecs. Je me dis qu'ils n'auront qu'à utiliser le cercueil pour litière. Il est vide de toute manière pour le moment.

Centre hospitalier de l'Université de Montréal
CHUM
Semaine 1 – Lundi
Régime : Normal, molle hachée, liquide miel
Souper
Chambre 5050, civière 2
Nom : Gendreau, Vickie
S.V.P. utilisez la lingette pour nettoyer vos mains
    avant le repas
Gâteau aux baies
Viande hachée
Sauce BBQ
Betteraves en dés
Sel
Poivre
Margarine (2)
Rôties pain blé entier (2)

Boisson à la pomme onctueuse (3)
Lait 2 %
Eau chaude
Sachet de tristesse
Decadron (1)

Je donnerais tout pour oublier que j'ai dû uriner dans une toilette de courtoisie le lundi de ce repas. Pendant la nuit. Je devais tenir hors de l'eau ce petit train plein de couleurs. Ce n'était tellement pas Noël. J'étais en train de nous imaginer heureux et amoureux dans la savane silencieuse. Lui, pendant ce temps, il fourrait Samantha. Il lui disait que ses seins sont jolis. Je ferme les yeux, j'ouvre les yeux. Je suis à Mont-Tremblant. Je ferme les yeux, j'ouvre les yeux. Je suis à Mont-Laurier. Je ferme les yeux, j'ouvre les yeux. Je suis à Grand-Remous. Je ferme les yeux, j'ouvre les yeux. Je suis à Val-d'Or. Je garde les yeux fermés longtemps. Je suis venue me faire dire que mes seins sont jolis. Le bar s'appelle Le 69. Je suis à Rouyn. Je fais partie des cinq jolies filles à jolis seins promises dans le lobby. Le char regorge de fennecs. Les filles sont en crisse. C'est long, sept heures avec une centaine de fennecs. Même s'ils sont cutes. J'aurais dû leur mettre des colliers de perles, mais j'avais un peu peur que les méchantes filles les volent. Les danseuses, ça vole.

MAXIME

Elle va fumer une cigarette derrière le club. Un homme en noir lui tend un autre fennec. Les filles ont mis leurs valises dans la litière. Le chauffeur l'a vidée puis il est parti avec. Le boss lui a donné une chambre double, elle y cache ses fennecs, elle va descendre y ranger celui-là aussi. Ils vendent sûrement de la litière à l'épicerie. On est le 29 mai 2012.

La belle Tatiana monte sur le stage. Uneventful. Elle descend. La sensuelle Candy monte émoustiller les messieurs. Un portefeuille fait mousser une pile de deux sur le bord du stage. On est en Ontario. Elle descend du stage ontarien. Les anglaises sont toutes pareilles, leurs noms sont toujours comestibles. La douce Camilla monte pour son deux-minutes. C'est de l'électro. On dirait que ça en dure vingt. Il y a Notorious B.I.G. qui se pointe dans la toune. Never mind. Elle descend. La chancelante Kaya montre à toutes comment on se dénude. Le DJ a aucune idée de la signification du mot chancelante. Kaya est si bonne. Il aurait dû dire excellente. Mais les autres filles seraient jalouses. Il a dit chancelante. Elle descend. La généreuse Patricia monte sur le stage. Elle est grosse. C'est ça que ça veut dire, généreuse. Je n'ai rien raconté de ma vie au DJ. Il croit que je suis intelligente. L'intelligence est descendue du stage il y a longtemps, bé.

VICKIE

Je ferme les yeux, j'ouvre les yeux. Je suis en train de changer mon tampon dans l'autobus Voyageur. Manœuvre sketchy, oui. Je ferme les yeux, j'ouvre les yeux. Je suis en train de changer mon tampon à la sortie d'un dépanneur de la rue Duluth. Je ferme les yeux, j'ouvre les yeux. Je vois Stanislas et sa nouvelle concubine marcher de l'autre côté d'une rue crade de Verdun. Elle a plus de classe que moi, il n'aurait pas honte de la présenter à ses parents dans un apportez-votre-vin pseudo-fancy, non loin d'une fille quand même mignonne qui s'insère un télescope dans la noune à peine cachée par un buisson. Je garde les yeux fermés longtemps. Je suis toujours la plus petite dans les contrastes.

NIPPLE KIDMAN.DOC

Avant que j'arrive, tu me dis par texto que Samantha a été escorte pendant une journée. La belle nouvelle. Pourquoi tu me dis ça ? Pourquoi c'est pertinent ? Elle, je n'ai aucun doute qu'elle avait quelque chose à prouver. À qui ? Elle a sûrement une réponse. Du moins, j'espère pour elle. Il faut faire cette job pour les bonnes raisons. Sinon kaboum, keshing l'estime de soi, bye la douceur de la peau du cul. Tout prend le bord. Samantha et moi, on est censées avoir plein de sujets de conversation puisqu'elle a déjà été escorte et que moi je suis danseuse. Ça me dégoûte comme logique. Envie de prendre une douche. On aurait Stanislas comme sujet en tout cas. J'ai pris plusieurs douches à cause de Stanislas. Dans ses pants, le point s'exclamait pour Samantha. Toutes ces érections de clients, tant de plumes. Le lit est dur, l'oreiller est dur, mes hanches sont bleues. Je travaillais fort. Je faisais de quoi nourrir ma centaine de fennecs.

VICKIE

Je ferme les yeux, j'ouvre les yeux. Je suis à l'urgence. Je ferme les yeux, j'ouvre les yeux. Je suis encore à l'urgence. Je ferme les yeux, j'ouvre les yeux. Je suis en chemin vers le département de nécrologie. Je ferme les yeux, j'ouvre les yeux. Non, c'est neurologie. J'ai une haleine de fennec mort ce matin. Je repense à ce que l'infirmière d'oncologie m'a dit hier : Mets un condom, fille, il ne faudrait pas que tu tombes enceinte. Mon haleine sert de barrière. De me voir ainsi sur ma civière, ça ne te donne pas l'érection facile. Mon sein droit fait des clins d'œil aux visiteurs à travers mes cheveux. Mais pourquoi on voit ton sein droit non-stop de même ? Parce que je n'ai pas compris ma jaquette. C'est une nouvelle jaquette. Il y a des étoiles chinoises dessus. C'est full cute avec mon tutu. Elle est jolie mais même Daniel a eu de la misère à l'attacher. Une chance que le tutu est là pour tout tenir. L'outfit dépend du tutu. Oui, je porte un tutu dans ma chambre d'hôpital. Je suis dans mon lit. Devant les chaises vides pour les visiteurs. Les deux chaises vides sont appuyées contre le mur. Je me dis qu'à tout moment l'Appendice Dominic Montplaisir et sa copine pourraient entrer pour m'annoncer qu'ils vont nommer leur enfant Amandine Montplaisir. Amender son plaisir, c'est hot, c'est poétique. À tout moment, Jim Jarmusch pourrait entrer pour me chanter *I Put a Spell on You* avec sa voix cigarettée. À tout moment, le poète Andrés Morales pourrait arriver en boxers avec du whisky et m'offrir des Marlboro. Je suis en manque de nicotine. Je suis en manque de quiétude. Il va toujours me manquer quelque chose pour être heureuse. De temps, ultimement. En ce moment, les chaises sont vides, les possibilités sont infinies, tous les culs qui pourraient s'y poser. Divine pourrait venir me chanter *Female Trouble,* le homard géant violeur pourrait danser sur l'autre chaise. Je pourrais m'installer dans la chaise confortable. Ça dérangerait moins madame Tardif si Divine chuchotait. Madame Tardif, c'est la femme avec qui je partage ma chambre, elle a subi une grosse opération aux vertèbres du cou. Son liquide lymphatique se rendait mal à ses jambes. Je suis un peu jalouse. Moi aussi, j'aimerais ça, être opérable. Elle est gentille, elle supporte tous mes visiteurs. Stanislas pourrait venir me regarder dormir, me flatter les cheveux. Stanislas, ça va toujours être l'homme de ma vie, je ne suis tout simplement pas la femme de la sienne. Je t'expliquerai ça plus tard. Plus tard dans ce petit livre, dans ma petite vie. Je pensais que j'allais écrire ce livre et ne plus jamais revenir sur le sujet, sur le garçon. Tout est impératif maintenant dans ma vie. C'est probablement la dernière peine d'amour que je vis. Ça fait mal les dernières fois, c'est vulgaire la vie. J'aimerais au moins pouvoir chiller pendant quelques semaines dans la bibliothèque avec Genet et Guyotat. Je ne vous casserai pas trop les oreilles. Mes histoires ne fonctionnent jamais. C'est pour ça que j'aime la poésie, c'est toujours infini. Les gens qui finissent leurs poèmes par un point, je m'en méfie.

NIPPLE KIDMAN.DOC

Je n'arrête plus de penser à ça. À ta queue entre les reins de Samantha alors que moi toute mielleuse dans mon .doc je n'arrête plus de penser à toi. Moi qui t'imagine m'embrasser. Cette nouvelle vérité membrane glacée. Pendant ce temps, tu rencontrais son fils. Tu jouais à la WII avec son fils. Tu dois bien l'aimer, à quelque part. Tu n'aurais jamais rencontré mon fils. Advenant. Je les ai avortés tous les trois. Cet album photo n'existe pas. Pas de belles photos de famille. Dire que je t'ai envoyé des photos cochonnes. Elle m'a volé mon amant. Vous regardez les photos de moi nue ensemble, dans son grand lit blanc de Verdun. Je suis si conne. Grande, conne, velue. J'aurais dû le pressentir. Mais je croyais que tu te poserais un minimum de questions. Deux parents psychologues. Apparemment que non, que je me suis trompée. C'est comme les filles qui se disent amoureuses parce qu'elles n'ont pas utilisé de condom avec le mec. Tu justifies ton irresponsabilité et moi j'écris en 125 %.

VICKIE

Les médecins me font toujours répéter, on est le 6 juin 2012, je suis un perroquet docile, c'est la fête de mon père. Les médecins m'apprennent que j'ai une tumeur en nuage dans mon tronc cérébral. Les médecins cassent mon party. Les paillettes s'ennuagent. Plus tard, c'est à mon père que j'ai pensé en m'arrachant les électrodes avant le énième test de résonance magnétique. Ma mère accumule dans sa grosse sacoche les cartes des visites passées et des rendez-vous où je dois me pointer. Isabelle a acheté un sac de toile avec des papillons multicolores. Francis a décoré ma chambre avec des restants du Dollarama. Des balounes «Happy Birthday» alors qu'on vient de t'apprendre ta mort imminente, c'est un peu de mauvais goût. Au fond, les amis sont gentils, c'est ça qui est important. Les amis sont drôles, ils disent que, si les médecins me demandent toujours la date quand ils rentrent dans la chambre, c'est qu'ils sont trop dans la lune pour s'en souvenir. Pour l'heure, c'est le monsieur dans la 5048. Pour le menu du midi, c'est la madame dans la 5049. Pour la date, c'est la fille dans la 5050. Isabelle a appelé à la filmothèque de l'hôpital pour demander s'ils avaient le dernier Xavier Dolan l'autre après-midi. Non, madame, ici, c'est pour les choses sérieuses de la vie, pas de beurre, pas de popcorn, pas de jujubes, sorry. Six juin deux mille douze. Je peux vous l'écrire sur un bout de papier, mais Sébastien m'a dit que je fais des chiffres trisomiques tellement ma main paralyse. Il y a plein de noms communs à retenir, mais je te dis ne retiens rien. Je te fais rentrer dans mon quotidien, mon intimité. Tu as sûrement un ami qui s'appelle Julien. J'aimerais que tu me parles de ton ami Julien. Je me souviens. Ma tante Julienne m'avait donné des tatouages temporaires de papillons pour mon Noël de quatorze ans. Elle m'avait surprise en train de fixer un papillon voltigeant autour d'un tournesol de sa cour. Je fixais le papillon, comme Mathieu fixait le pain tantôt quand il me regardait manger. Quelques mois plus tard, ce cadeau. Les tantes sont toutes affreusement littérales et uniformément dépourvues d'originalité. Mais ta tante, c'est ta sœur des fois, et je sais qu'il existe des aïeules un peu funky quelque part.

NIPPLE KIDMAN.DOC

La sexy Kimora s'avance vers les escaliers. Fuck, j'ai la même robe qu'elle pour mon slow. Je vais être obligée de mettre autre chose. Quatre marches, le stage. Je n'arrête plus de la fixer. La robe me va mieux à moi. J'ai plus de cul. Tout le monde dans la salle veut la marier, moi la première. Non, je ne vais jamais me marier. C'était Stanislas ou personne. Pour de vrai, je serais contente qu'ils se soient trouvés, Samantha et lui. Contente pour eux pour vrai. Je suis altruiste jusque dans le rire, en passant non loin de l'amour of course. Je serais jalouse c'est sûr, mais il y a des choses qui nous dépassent. L'amour en est une, ça je le sais. L'affaire, c'est que je le connais, Stanislas, et il s'en crisse. Il veut juste se saucer la graine. Être gentil en rencontrant son fils, c'est une manière molle pour un résultat dur. Il n'existe pas de douche sur terre assez volumineuse pour contenir tout mon dégoût. Me donne envie d'écrire en 200 %. Je vomis ma boule de poils, la taille d'une tête de petit garçon aux cheveux infiniment longs comme Rapunzel. En boule, c'est important. En position fœtale carrément. Pauvre petit garçon.

MAXIME

Un petit garçon vêtu de noir s'avance, lui tend la laisse d'un fennec. Il y a une armée de bambins derrière. Elle ne saurait refuser refuge à un être aussi magique et badass que le fennec. Même si elle doit déménager pour héberger tout le monde.

Centre hospitalier de l'Université de Montréal

CHUM

Semaine 6 – Jeudi

Régime : Normal, molle hachée

Souper

Chambre 5050-02

Nom : Gendreau, Vickie

S.V.P. utilisez la lingette pour nettoyer vos mains
avant le repas

Soupe bœuf et coquilles

Crème glacée à la jeune fille

Sel

Poivre

Volaille hachée

Sauce à la volaille (À part, 4)

Macédoine maison

Purée de pommes de terre

Margarine (2)

Rôties pain blé entier (2)

Lait 2 %

Eau chaude

Sachet de thé

Boisson à la pomme onctueuse (3)

Decadron (1/2)

PAVILLON B

VICKIE

C'est dehors devant le Pavillon B que je fume des cigarettes la nuit. Les pavillons communiquent de l'intérieur. Ma chambre est dans le A. Il fait froid, je porte
une robe de chambre. Tu ne fumes pas, mais tu m'ac-
compagnes. C'est moi qui vais mourir, pas toi, pas tout
de suite. La luciole qui ne te lâchait pas s'envole. Une
autre prend sa place. Comme pour te protéger de la
fumée secondaire.

EYE'S WIDE PLOTTE.DOC

Je me souviens, les enfants partis, les lampadaires allumés. Je me souviens surtout pourquoi je suis partie.
Caprice, la fille pas le mot, racontait quelque chose. Les
filles, ça fait juste ça, raconter et chialer. J'ai un vagin et
quelque chose me l'irrite profondément : les gens qui uti-
lisent les noms complets des personnes connues de leur
entourage pour se valoriser. Sérieux. Je te comprends,

Samson, de me reprocher de raconter mes histoires en nommant toutes les parties impliquées même si le lecteur ne les connaît pas. C'est vrai que ça gosse. Mon ex s'appelle Mathieu, mon meilleur ami aussi. Je te comprends aussi, Caprice, tu veux avoir l'air bien ploguée. Mais calme tes nerfs. C'est juste un journaliste. Je ne te crois pas quand tu commences ta phrase par « mon ami Machin Truc ». Personne ne te croit. Tu tombes en amour avec un mec après avoir couché une fois avec. Ça ne manque pas. Tu as l'ami slack. Je ne veux même pas m'imaginer ce que ça aurait été si tu avais couché avec ton fameux journaliste. Tu aurais fait quoi ? Tu aurais rajouté un descriptif de six mots, un petit paragraphe sur la longueur et la substance de sa graine ? Tu te rends compte ? Et tu n'aurais toujours pas commencé ton histoire. Je sors ma passe de métro démagnétisée. Il y a une file. Devant moi, une fille et un gars, deux cells.

— J'ai lu mon livre confortablement dans le parc, dit le gars devant moi dans son cell.

— Il y avait un oiseau prisonnier de la vitrine, dit la fille devant moi dans son cell. J'étais dans le petit magasin au coin de Pap et Laurier. C'est là que j'ai acheté mon chapeau. Tu l'aimes, mon chapeau ? Il est drôle, right ?

— Jean Genet. *Les nègres,* c'est drôle à lire dans un parc au gros soleil sale.

— Je me dis qu'un bébé oiseau y a peut-être touché, à mon chapeau. C'est un peu pour ça que je l'ai acheté.

— J'aurais aimé pouvoir tremper mes morceaux d'ananas dans de la fondue au choco. Ouais, il m'en reste dans un tupperware. Je n'ai pas fini le livre. Aujourd'hui, je n'ai rien accompli.

— Je me suis mise à chanter « La vie en rose » de l'autre, là, la fille qui crie, cheveux courts et gros yeux. C'était trop cute avec mon chapeau.

— Nigga please.

— La Minnelli française.

— Un billet, s'il vous plaît.

— Oh, genre le mec devant moi. Mais je vais prendre deux billets. Je vais probablement rentrer ce soir.

Le garçon comprend : la fille le regarde intensément. Bonjour tension.

MAXIME

Le guichetier tend à Vickie une clé en lui faisant un clin d'œil. Il lui chuchote : Le rack à vélo, devant la station. Elle croyait bien avoir vu quelque chose briller et grouiller à travers la fenêtre sale, beaucoup trop sale, comme dans un jeu vidéo, un film soft porn des années soixante-dix, une course en slow motion : une quinzaine de fennecs frétillants. Il va lui falloir une plus grosse sacoche.

EYE'S WIDE PLOTTE.DOC

Tout le monde parle au téléphone. Mon cell est mort et personne ne m'appelle anyway. On ne m'a même pas appelée pour m'avertir que Max s'est tué. On me l'a appris par courriel. L'ami est mort et les gens n'arrêtaient plus de rire. Sur Facebook, les gens continuaient leur vie et moi de même. Je la continuais, à ne rien faire, à contempler mon fil d'actualité. Ça me rappelle quand ma grand-mère était à l'hôpital. Je l'avais appris par courriel. La vie, c'est fragile et ça continue. Raphaëlle était fâchée contre Caprice. «Elle organise le pique-nique en hommage à Max comme on organise un get-together. Elle veut juste boire avec nous.» Elle avait raison. J'ai donné une de mes bières à Caprice. Le jour du courriel, je mélangeais de l'orangeade à ma vodka. J'avais oublié d'acheter du jus. Les enfants des voisins faisaient plein de bruit. C'était la folie en haut de ma tête et dans ma tête. Les enfants se couchent tard. Je pourrais encore me rendre au dépanneur pour acheter du jus. Au Vidéotron pour rapporter les films que je n'ai pas eu le temps d'écouter. En ce moment, je suis profondément végétale. C'est mon premier verre, j'espère que la vodka me donnera envie de prendre une marche. Les gens normaux prennent des marches. Après le souper, pour digérer, pour réfléchir. Avec les enfants, pour les emmener au McDo, par surprise. Au parc, au magasin de souliers, partout, n'importe où par surprise. Ma cousine Anabel, à l'âge des enfants d'en haut, avait plus de souliers que mes Barbie. Un Panda personnel dans son placard, ça ne rentrait même pas tout dans le placard. Je me souviens de l'allure chaotique du vestibule. Je me pointais quand je n'étais pas invitée. À Noël, c'était toujours bien organisé. Dans ma tête, ces enfants sont deux, ils ont le même âge, ceux d'en haut je veux dire. J'aimerais aller prendre une marche. Max est mort. Il s'est suicidé. Ils se suicident tous tout le temps. Nous menons des vies difficiles, les amis et moi. C'était un ami éloigné. Il s'est suicidé quand même. Dans ma tête, les enfants d'en haut sont diaboliques. Ils sont dans mon entourage. Deux petites filles qui crient et sautent sans arrêt. Des parents suicidaires. Des futures cheerleaders expressives, des bimbos un peu intelligentes, juste assez, des extraverties un peu verbeuses, des drama queens. Pour le moment, ce sont juste deux petites connes qui crient et sautent. Je me demande ce qu'il se passe en vrai au-dessus. Ce que c'est, la vraie vie pour ces gens. Je suis restée connectée à Facebook toute la journée. J'ai regardé défiler le fil d'actualité. La vie est vulgaire et elle continue. Je ne raconterai pas ce que les gens disaient. Je ne suis pas sur cette terre aujourd'hui pour être factuelle. Max s'est pitché en bas d'un viaduc. La veille il m'avait demandé si j'avais un numéro pour de la MDMA. Je n'en avais pas. J'aurais peut-être dû en avoir un et je devrais avoir plus que juste la vieille bouteille d'orangeade pour mélanger avec ma vodka. La Smirnoff, ça ne se boit pas straight.

La mort d'un ami non plus. Je n'ai même pas un litre. Samson me dit que ce que je bois, c'est un mimosa d'étudiants. Je trouve ça drôle et ironique mais je n'ose pas rire.

Je n'ose plus lire grand-chose non plus. Je suis pas mal inutile. Ce n'est pas grave.

On me mange le bagel. Je suis une étudiante fumée.

Ne jamais rentrer à l'école, juste s'y être préparée.

MAXIME

J'ai commencé par balancer un fennec en bas du viaduc, puis j'ai continué, deux, trois, deux centaines, puis trois. Elle les attrapait tous avec sa grosse sacoche. Fourretout inépuisable. J'ai sauté mais il n'y avait plus de place dedans. Sorry.

POULIN ROUGE.DOC

Dans la marée étudiante en révolte, il n'y a pas de pancartes avec des fautes. Il n'y a pas de petit îlot de lumière rouge pour indiquer où se trouvent Stanislas et sa nouvelle concubine dans la foule. Il n'y a pas un petit regroupement de féministes frustrées autour comme je me l'imaginais, de femmes austères qui jugent et ricanent. Pourquoi personne ne juge et ricane ? J'aurais dû porter une jupe, j'aurais pu ricaner, moi. Ça aurait fait pareil. Je ne juge pas. Je ne serai jamais suffisamment grande pour juger. J'aimerais tant être austère et frigide. J'aimerais être conne et moche aussi. J'aimerais ne pas réduire le monde qu'à deux adjectifs. Je ne veux même pas m'imaginer les miens. Ça ne serait pas des adjectifs flatteurs. Peut-être que je suis austère et frigide, finalement. Nous marchons contre l'adversité. Nous sommes tous décorés de rouge à notre manière. Le rouge, c'est dans mes yeux tout le temps. Ils étaient bruns il y a quelques semaines, mes yeux. Comme ce qu'on laisse choir dans la cuvette. C'est tout de même une couleur plus encourageante que le rouge. J'ai pleuré plus que les larmes de mon corps. À cause de ce garçon. Nous sommes bien des choses. Moi, je suis attendrissante et pleine. Mais

28

vaine. Comme cette foule : vaine. Dans mon quotidien, vaine. Je ne me trouve plus jolie. Je pleure encore ma crème de maïs ratée, je pleure tout le temps tout. Je pleure avec mes yeux, avec mon nez, avec ma bouche. L'adjectif possessif est ainsi répété parce que j'ai souvent l'impression d'être une étrangère pour ma propre face. Je fais rentrer ces yeux dans mon propre visage puisque ces yeux m'appartiennent, pour ne pas l'oublier, pour ne pas cesser d'exister, pour avoir un regard. La réalité m'ennuie. Elle me déçoit. J'aimerais m'appeler Samantha. Je me fâche contre ma mère. Pourquoi pas Samantha ? Elle ne répond pas, plus, je la déçois. Elle me cherche dans le journal sans me trouver. Demain, je lui dirai : Regarde, maman, je suis quelque part dans cette foule. J'espère que le headline ne sera pas trop méchant. Quelque part dans cette foule. Il n'y a pas d'indicatif régional pour contenir ma tristesse. Je pourrais aller travailler loin d'ici, loin du garçon, mais je serais toujours aussi mélancolique. C'est tout l'univers qui est noir nihilisme. Je vois dans la foule des hippies avec des grosses trompettes de plastique. Ils font du bruit. Mais encore. Tout le monde fait du bruit. Personne pour entendre. On ne peut pas entendre les photos, on peut juste les mettre dans le journal avec des headlines méchants. Je vais prendre une photo avec mon cellulaire. Oh, c'est vrai, je n'ai plus de cellulaire. Je ne saurais donner le numéro de téléphone de ma mère au policier si je me faisais arrêter. Il faut que je reste tranquille. Bien loin des headlines. J'aimerais être un peu méchante. Les hippies n'en finissent plus avec leur bruit. J'allonge le bras. Mon bras est infiniment long. Mon bras, c'est un ruban. J'agrippe une trompette et l'amène à ma bouche. J'ai quelque chose à dire, moi aussi.

Dans la foule, il n'y a pas de regroupement de danseuses nues avec leurs pancartes MA CHATTE EST CONTRE LA HAUSSE. Il n'y a pas de journalistes avec des plumeaux dans le cul. Il n'y a pas de dormeurs, pas de sérénité, pas une goutte de rosée. Dans la foule, il n'y a pas de cerisiers. Il n'y a pas de toilettes. Il n'y a pas de file à la bibliothèque. Il n'y a pas de file au dépanneur.

Je ferme les yeux, j'ouvre les yeux. Je suis au dépanneur pour m'acheter du jus de cerises noires.

MAXIME

Derrière, du bruit dans le frigo à bière, des petits cris. Des fennecs, des caisses mixtes de fennecs, des fennecs zéro pour cent. Elle prend une caisse de douze fennecs au thé glacé.

POULIN ROUGE.DOC

Le hippie à qui j'ai arraché la trompette part en taxi pour la retrouver. Mon chauffeur, mon chauffeur de danseuses nues, me dit que, si je suis poétique, lui c'est un poème. J'ai envie de pleurer. Je pleure. Je fais ce qui me tente. Je suis une princesse. Royaume trash, mais princesse quand même.

— Où allons-nous, mademoiselle ?
— Pas à l'école.

VICKIE

Il y aura toujours une agence de recouvrement pour me réveiller le matin. Il y aura toujours un chaudron avec quelque chose de pourri dans mon frigo. Il y aura toujours quelqu'un pour me détester. Quelqu'un pour me niaiser au téléphone à trois heures du matin. Quelqu'un pour me traiter de salope devant ma famille. Quelqu'un pour me voler mon verre, quelqu'un pour me voler ma sacoche.

POULIN ROUGE.DOC

Sortie boulevard Moody nord.

On passe par La Plaine, Jane.

Arriver à un bar de danseuses en pick-up rouge
  de red neck : *check*.

Être triste : *check*.

Écrire des nouvelles érotiques inédites pour Stanislas : *check*.

Client qui sent le patchouli : *came*.

Lip-syncher les paroles de Sexy Sushi sur mon stage :
  check.

Faire un stage sur « Raise your weapon » et lever
  la jambe pendant le refrain : *check*.

Client qui conduit une grosse Benz : *came*.

Boire un Monster Nitrous jaune en deux gorgées : *check*.

Manger une salade d'endives en trois bouchées :
  check.

Jeter les restants de crevettes au sésame du restaurant : *check*.

Aller à des funérailles en bébé doll : *check*.

C'est Raphaëlle qui me l'a prêté, le bébé doll. Stanislas
Merdier, Anne Archet and 8 others have tweets for you.
Mais c'est tout ce qu'ils ont pour vous. J'ai rencontré un
client qui avait la machine Enlarge your penis. Un de mes
condoms a rencontré son pénis, son argent mon portefeuille, et plus tard dans la journée ma face a rencontré la
porte fermée de la poissonnerie. They have gazouillis for
you. That's all they'll ever have for you. Consider your-
self chanceuse, fille. Réponds quelque chose de witty.
Dis oui sans cesse sans connaître la question. Dis oui et
sautille. C'est épuisant chanter et ramer en même temps.
Tu as le droit à une pause, fille, take a break. Mange ta
granola, bois ton café. Écoute ta grosse musique éner-
vante, énerve-toi, mais n'oublie pas que tu dois t'occuper des animaux. Les speakers crachent, les fennecs
dansent. On s'énerve. Il se passe quelque chose d'important. Une bibitte noire chille non loin d'un fennec.
Ce n'est pas comme un chat, un fennec, ça ne chasse
pas les bibittes. Ça danse. Félix Cartal donne le beat.
Le fennec se fait aller la patte, la bibitte aussi. J'ai Félix
dans mes écouteurs. La bibitte est dans les cheveux de
Raphaëlle soudainement. Je croyais qu'on était ailleurs
et que c'était une broche. Je suis tout le temps surprise,
tout le temps perdue. Je suis tout le temps à l'hôpital,
d'habitude. Mais Raphaëlle m'a sortie aujourd'hui. Super
surprise. C'est les funérailles de Max aujourd'hui. Elle a
amené plein de beau linge noir. Je ne me souviens même
plus si je lui ai demandé, si j'ai été polie. Je ne me souviens de rien. Ça m'amuse, de manquer des bouts. Il

manque des bouts à tout le monde. Moi, je me souviens de tout, d'absolument tout. Me souvenais. Les temps de verbe, ça fait mal. Surtout quand ça te regarde et que c'est toi qui l'écris. J'ai choisi le bébé doll dans la pile de linge noir. Je suis allée aux funérailles avec ça sur le dos. Oui, je suis ce genre de fille. Un peu salope. Tu aimes me haïr.

Je suis au Kingdom, coin Saint-Laurent Sainte-Cath.
Mindy et Trevor analysent mon corps avec leurs
    mains en glu.
Nikky est belle.
Plus belle que moi.
Plus fluide que moi.
Je tombe partout.
Je ferme les yeux, j'ouvre les yeux.
Je suis à New York.
Devant la cage des fennecs, au zoo de Brooklyn.
J'obtiens une permission spéciale pour les flatter.
Je ferme les yeux, j'ouvre les yeux.
Je vois l'Autriche, je rencontre Ulrich Seidl.
Il me parle de son prochain film.
Je ferme les yeux, j'ouvre les yeux.
Je suis dans un show noise avec les dudes
    de Granular Synthesis.
Je ferme les yeux.
Je garde les yeux fermés longtemps.
Je ne ferai rien de tout ça.
Dimanche je vais aller au Beautys avec les amis
    boire un milkshake Cookies & Creme.
Ça, je le ferai.
Les yeux ouverts, grands.

À Stanislas, je lèguc.
Ces deux textes,
un chat au piano
et deux centaines de fennecs.

STANISLAS

Je passe pour un chien sale. Elle dit qu'elle a pris plein de douches à cause de moi. Mais au fond j'ai su mériter son amour, jusqu'à la fin. Il faut bien quelques sens uniques dans une ville pour nous faire apprécier les rues à deux sens. Boulevard Love. Beaucoup trop intense comme fille. Trop de passion en une seule fille. Je l'ai rencontrée dans cette librairie. Je reste devant la porte, je ne peux pas rentrer, c'est fermé. Il pleut quelque part dans le monde.

STARGIRL SATAN.DOC

Je ne serai pas cette fille conne là. Je peux être toutes les autres, juste pas celle-là. Je ne vais pas changer ton nom dans mon livre dans l'espoir qu'un jour tu me reparleras. Je vais rester le diable. Le diable qui fourre toutes ces petites filles connes dans' tête une après l'autre. Je vais semer. Même si pas de terre, pas de terrain, même si une warp zone la jachère. Tu étais là, à côté de moi dans la librairie, juste là. C'était pour un lancement. Tu étais juste là, à une flexion de biceps. Et mes lèvres. Oh mes lèvres. Je lave des verres pour me changer les idées. Je me cache dans le petit vestibule pour laver la vaisselle et je pleure. Dire que je veux laver des verres pour être fine mais dans le fond pleurer, carrément mousser de la face. Les libraires me trouvent gentille, mais je pleure dans le fond. Le fond du vestibule. Juste au-dessus du nez, deux robinets. Au moins ici, je suis en sécurité, personne ne peut me déranger ou s'en faire pour moi. La tête dans le sable et la vaisselle. Les petits verres scintillent. Je me demande si je pourrais remplir un bac à glace avec ce petit ton larmoyant qui me jaillit de la face. J'ai un bac en Gérer la Marde mais plus de place dans mon packsack. Trop c'est trop. Ma sacoche rouge est trop rouge. Mes cheveux sont trop frisés. Et il y a trop de monde. Mes cheveux étaient frisés comme ça quand on s'est rencontrés.

STANISLAS

C'est au Port de tête que j'ai rencontré Vickie. J'étais en couple avec Alexie dans le temps. Son nom ne me disait rien. Elle disait que j'avais l'air affreusement prétentieux. J'ai plugué leur Gala de l'Académie de la vie littéraire au tournant du XXIe siècle. Je me trouve gentil. Elle me trouvait prétentieux. Je n'étais peut-être pas prêt à la rencontrer. Elle portait le même chapeau à paillettes quand je l'ai rencontrée à nouveau plus tard. Elle se souvient de tout, d'absolument tout, cette fille.

L'homme de mes rêves, juste là, depuis tantôt. Je l'évite,
je me tiens loin. À parler de son infestation de pigeons
depuis tantôt, de sa vie sans moi, absolument sans moi.
J'avais presque oublié que je suis le diable. Le diable
n'est pas du genre à pleurer. C'est déjà ça. J'ai au moins
ça d'humain. Je reste dans le petit vestibule quelques
minutes. Je guette la porte, j'ai peur qu'il surgisse. Je
vais verser ce qui me reste de face dans le lavabo encore.
Je vérifie que je suis safe puis floc, ça remplit tout le
lavabo d'un coup. Je sors sur la terrasse. Fumer toute
seule. Loin des visages. Si je n'ai pas de visage, personne
n'a de visage. Sujet à proverbe. Plus éprise de lui que
lui de moi. Autre proverbe. Mes bottillons de cuir sont
humides. Gros trou sous le pied droit. L'humidité ne
connaît pas la gravité. Ma poche vibre. J'avais presque
oublié que j'ai un cell moi dans la vie, qu'on peut me
rejoindre quand je mets du temps dedans. Ou quand je
le retrouve dans le bordel de ma chambre. Complètement oublié que j'ai fait vibrer la poche des amis tout à
l'heure. Les amis sont arrivés. Il faut que je les trouve.
Ils sont à l'intérieur. Je rentre. Je cherche des capes. Je
finis par trouver leurs trenchs. Où est Stanislas? Regard
dans l'espèce de miroir d'autobus perché entre les livres.
Proust, Proust, Nietzsche et moi, pas une écrivaine. Bien
loin de la littérature, je suis. Entre les deux rangées. À
essayer de mémoriser les titres de films qu'on me sug-
gère. Plus de vin. Plus de mélancolie. Plus de vin. Pas
osé y toucher avant, mais là les amis sont là. Kleenex,
petites capes blanches que l'on pêche aux boîtes colorées.

Je suis colorée. Ma manche est un mouchoir. Pour le moment. On ressort sur la terrasse. Parce que je dois fumer. Ça me stresse, être triste. Crisse oui. Tu es là. Tu me demandes si je vais bien. Je trouve cette question ridicule. Je ne réponds pas. Je vais imploser. Je te dis que c'est ma fête samedi.

STANISLAS

Je relis tout ce qu'elle m'a envoyé par courriel, je relis son dernier courriel. Ça fait des mois, des années, longtemps. Je guette d'un œil distrait le paquet que m'a envoyé Mathieu. Je l'ai posé sur mon bureau. Je capote un peu. Elle m'aimait comme une folle. Maintenant, elle est morte. J'étais là à ses funérailles. Elle n'était pas présente. Son corps était dans la boîte noire. Elle est partie super vite sans dire bye à personne. Ce matin-là, au lieu de mettre une robe à paillettes, ma chemise que je lui ai donnée et ses éternels leggings noirs, et sa jupe en minou avec ce chandail affreux à motifs de chevaux… au lieu de tout ça, ce matin-là elle a mis une boîte noire. Finito.

STARGIRL SATAN.DOC

Je vais me cacher dans l'ombre et je cherche dans ma sacoche. Je trouve quelque chose qui se fume. Au moins je peux fumer. Le garçon se fout de moi, mais au moins je peux fumer quelque chose, quelque chose qui m'appartient à moi, juste à moi, cette cigarette, métaphore, allumette, mélancolie, gazoline. Me fumer moi-même. Et fumer ces foutus souvenirs. Mais ne jamais en voir la fin. Paquet illimité. Peut-être que c'est dans les choses simples qu'on doit se perdre. Peut-être que c'est juste là qu'on peut se perdre convenablement. Les amis s'en vont. Laure est là, elle, pour me rappeler que je suis tombée par terre tellement j'étais saoule et triste la dernière fois qu'on s'est croisées. Je me suis mise toute belle. J'ai envie de parler à Laure de mes problèmes de cœur. Elle va comprendre, elle, c'est une fille. Envie de dégueuler mes problèmes de cœur sur autrui mais je n'ai pas la guenille pour essuyer après. Je ne suis pas faite pour tout ceci. J'ai trouvé une veste à fleurs bleues dans mes boîtes cet après-midi. Je pourrais porter ça à ma fête. Fuck ma fête. Fuck le mois d'avril au complet. J'ai l'impression que je vais pleurer samedi. Parce que je pensais, oui. On avait fait des plans, oui. Tant de plans. Ma fête. Les pensées se répètent. Je sors de la librairie pour que personne ne me voie pleurer. Fleurs pour personne. Je vais tresser un collier de fleurs et offrir tout ce qui ruisselle en moi. À qui? À personne. Vie qui quoi? Vickie Personne. Je suis tout le monde et personne en même temps. Félix a l'air écœuré du monde autour. Je le comprends. Les escaliers devant. Je croise une fille. Elle me demande si je vais bien. J'explose ou j'implose, je ne sais plus. Je crois que je n'ai pas totalement lâché le morceau, que j'ai été saine jusque là. Pourquoi? Je ne sais pas. Je suis le diable, je sais ça. Deux autres filles sortent. L'une s'appelle Ariane, c'est la fille qui ressemble à Fifi Brindacier de dos, elle me dit qu'elle attend Laure et Stanislas. Pour aller à un show. Elle me demande comment je vais. Je choisis d'entendre un mot sur deux. Parce que ça semble plus ludique s'imaginer que savoir. On parle, on parle. Il sort. Tu sors. Elles s'en vont. Je sens que je vais pleurer. Je veux que ça se passe plus vite. Tu portes une chemise. Elle a l'air de sentir bon. Tu sens si bon. Je t'embrasserais toute la nuit. Je passerais toute ma vie à te couvrir de compliments. Je n'ai rien dit de ça. Non. J'ai pensé aux lapins, à Radio Radio, à Ryan Gosling dans un jacuzzi. Il n'y a personne qui laisse sortir son bébé chat sur Mont-Royal la nuit. Le jour non plus. Le bébé chat lave sûrement de la vaisselle à longueur de journée dans le vestibule de l'entrée.

STANISLAS

J'ai fait l'amour à un paquet d'autres filles et je ne suis pas avare de luxure. Je suis sélectif. Ça ne me dérange pas d'être chaste un peu. L'été il fait chaud, c'est tout, c'est compréhensible. Ce n'est des affaires de personne, ce que je fais de mon corps. C'est un peu pour ça qu'elle a voulu qu'on cesse de se parler, je crois. Elle savait grosso modo et ça la chicotait de ne pas tout savoir. Je ne lui aurais pas répondu anyway. Tout ou rien avec cette fille. Je suis allé en Italie. Elle savait dire un mot en italien. *Ucello.* Ça veut dire oiseau. C'est inutile au sens pratique. Tu peux pointer des oiseaux du doigt et dire ce que c'est. C'est un registre d'enfant de sept ans. Tout au plus. Remarque qu'un oiseau, ça bouge, ça peut être difficile de savoir ce que la fille pointe du doigt si elle ne spécifie pas. C'est le genre de fille qui pourrait pointer un nuage en particulier, le petit touffu à jardin disons, et t'en parler pendant des heures. De longues descriptions dignes des grands romans ou des niaiseries alignées dignes des petits torchons. Fille tout-terrain. Elle aurait pu pointer le nuage, l'avion ou le lopin de stratosphère, mais elle a toujours centré son énergie sur l'oiseau. L'oiseau est important.

STARGIRL SATAN.DOC

Pierre est sûrement au Bar inc. Je pourrais sûrement fourrer Pierre. Ce n'est pas important c'est qui, Pierre. Je pourrais fourrer l'univers. Certains payeraient même. Mais je ne le ferai pas. Non. Je suis juste capable de fourrer un inconnu saoule. Mais je finis de toute façon par parler de Stanislas tout le temps. De toi. On ne fourre pas. Je me fais consoler. Puis le lendemain, je regrette. Et le surlendemain je trouve le congélateur douillet. J'oublie. Tout sauf le garçon qu'il faut. Tu t'assois à côté de moi. Ma face capote. Sur la paupière d'en haut, une multitude de houppettes. Un char brun passe devant la librairie. Quelque chose me pénètre et ne veut plus sortir. Tu es juste là. Je ne comprends plus rien. Je dis des choses. Je réponds. Les phrases jaillissent. Félix traverse la rue, je le vois à travers mes larmes. Je pleure. Oh. Je suis le diable. Mais le diable qui écrit bien. Mais le diable qui écrit pu. Alors écrire. Aller ailleurs. Vous partez. Oui. Vous partez. Je me retourne et tu es disparu. C'est correct, c'est mieux. C'est très bien comme ça. C'est con. Je suis conne. J'ai pleuré. Je n'arrive plus à arrêter. Mathieu traverse. Tout le monde traverse. Tout le monde me voit, mais je ne vois rien. Je suis plate, mouillée et triste. Les gens traversent et les gens qui traversent aiment ce que j'écris même si je n'écris plus rien. J'ai déjà assez écrit pour quelques jours encore. Je peux me permettre de ne pas faire grand-chose de ma soirée, de pleurer en écoutant de la musique triste. Mon spray net sent la lily des bois. Ma petite poudre pour les pieds aussi. L'humidité me le rappelle. J'ai rencontré une fille dans un rave qui s'appelait Lily. Elle avait un seul bras. On avait l'impression d'être des papillons. Lily avait juste une aile, mais papillon quand même. Aller dans mon cocon. Oublier le monsieur. Pour sortir et ne jamais finir saoule parce que trop triste. Trop triste pour oublier. Je tourne en rond. Je me souviens de tout. De tout. Pas lui. Moi oui. Pas toi. Pas grave. Plein d'amis. Dieu que j'en ai cassé, des oreilles. Je m'en fous. Les oreilles, ça repousse. Les cheveux aussi. Les brûler, tiens. Une idée. Pour que les gens s'éloignent. L'escalier, c'est mon escalier. Mon corps, c'est mon corps.

STANISLAS

Quand je regarde la vidéo de Mr. Peabody, le gentil bébé hibou qui prend son bain, je pense à elle. Dès qu'on me parle de fennecs, je vois son visage. Elle aurait voulu ça ainsi. *Ucello,* fennec. Vickie. Trois petits points. J'ai toujours détesté les points d'exclamation. Elle disait qu'elle avait arrêté d'écrire. Ce n'est pas vrai. J'ai tâté l'enveloppe brune que Mathieu m'a envoyée. Je suis pas mal sûr que j'ai senti une clé USB. Aujourd'hui, Vickie s'est habillée d'une clé USB et d'une enveloppe brune, il fait froid, c'est l'hiver. Elle est nue en dessous. Toujours nue, cette fille.

Un ami vient me voir. Il me prend dans ses bras sans rien dire. Je lui demande pourquoi. Il me dit que j'ai l'air d'être sur le point d'exploser. C'est le bout de la soirée avec le dubstep. Je me mets à pleurer sans retenue. Feu d'artifice qui bande mou. Le chauffeur appelle. Il est là. Je traverse. J'embarque. Enfin. Pourquoi enfin ? Pourquoi c'est grave ? Je me suis mise belle pour personne, pour personne qui veut de moi en tout cas, j'aime un homme qui ne m'aime pas, pas moi comme je suis en tout cas. Tu ne veux plus me parler, mais tu veux bien me donner des coups de coude. Je ne suis pas ton ami de gars, dude. Come on. Je suis une petite fille cassable. Et j'ai eu chaud de partout juste à cause de ton coude. Tout ce désir et tout cet amour, oui c'est bel et bien de l'amour, tout le kit gaspillé. Pour un garçon à qui je rêve encore tous les jours. Je vais me lover nue dans mes coussins et demain mon client va m'appeler pour qu'on soupe. Il va me dire que je suis belle, que le garçon est con de ne pas vouloir de moi, parce que je suis un crisse de catch pis toute. Le chauffeur de danseuses m'a dit, lui, pour me « consoler » que tous les garçons sont dans le fond des violeurs. Mais pas tous, monsieur. Je ne les connais pas, vos garçons, mais je connais celui avec le coude de tantôt et il est absolument extraordinaire. C'est pour ça que c'est aussi difficile.

STANISLAS

Je ne peux pas retourner à cette librairie pour pleurer à la même place qu'elle. Je ne peux pleurer sans la librairie.

La librairie a fermé. Il n'y a plus d'étudiants. C'est l'apo-calypse dehors. La fin du monde en hiver. Je me souviens que Vickie m'avait parlé d'un symbole maya qui repré-sente un mort éveillé. Elle voulait se le faire tatouer sur la nuque. Je n'ai pas vérifié si elle l'avait fait. Je n'ai pas levé sa tête de morte de son petit coussin douillet. Son cercueil n'avait pas l'air d'un choix vestimentaire adé-quat. Le petit coussin m'insultait avec sa moue douillette. Elle n'a jamais publié de livre. Je me demande si Mathieu va s'en charger. Je suis sûr qu'elle m'entend, qu'elle est réveillée. Je parlais à la plus jolie des plantes quand je lui ai chuchoté que je l'aimais bien quand même.

Je finis par rentrer la clé USB dans la slut qu'il faut. Je l'ai bien inspectée avant. J'ai mis un condom pour coucher avec elle. Je suis vigilant. Je me sens un peu mal. Dans la fenêtre Finder, je vois que cette clé s'appelle Nouna-jute. Je ne me souviens même plus du goût. Juste de l'al-lure. Un grain de beauté au centre, en haut, qui peut être pris pour un poil tellement il est petit. Je me souviens. Elle me racontait que son beau-père avait pris le grain de beauté dans sa main pour une tache de chocolat. Il ne pouvait pas savoir. Je me demande ce qu'il penserait de moi. C'est un Italien. Les Italiens m'aiment. Je sais dire plus qu'un mot.

FUCK MEOW HARDER.DOC

Tu as dit : Je trouve ça cute une fille qui écrit. C'est comme un chat qui joue du piano. Tu as dit que c'était une joke, j'ai dit que ce n'était pas drôle. Je fais meow et je joue du piano. J'irais bien boire un thé avec toi, mais il y a un homme qui s'en vient « accorder mon piano ». C'est que je n'écris que par mélancolie et fureur, et ça ce n'est pas cute. Je ne suis pas cute quand j'écris. Je pleure. Je morve. Ça éclate. Pas cute. Pas meow. Mais dorénavant, oui. Je vais mettre du beau linge pour écrire. Je vais me friser les cheveux, me faire les sourcils, le bikini aussi. Je vais mettre de la musique de fille et sautiller. Je vais avoir l'air d'un plumeau sur l'ecstasy. Meow. Je vais porter mon écusson du festival de l'amour sur mon cœur. Ma poitrine va goûter la fraise ou la rhubarbe. La jugulaire inopinée pulse. Adjectif fancy suivi de verbe dont j'ignore la signification. Je suis cute, n'oublie pas. Les soldats auront des épées de mousse. Moi, je serai jolie. Je te dirai que ceci n'était qu'un rêve. Paupières colibris. Je vais te laisser tâter ma politique avec tes gros doigts poilus de mâle. La petite saucée nationaliste, avec fille à l'allure informée. Ça marche bien pour les autres jeunes femmes, le petit look activiste. Piano.

STANISLAS

Elle n'est pas toujours fine. Pas toujours fine pour toujours. Ça ne finira ainsi jamais. Je lui ai expliqué que c'était une joke. Je lui ai dit qu'elle déformait mes propos. Elle m'a répondu quelque chose de flou. J'ai compris que je lui avais donné envie de prendre une douche et qu'elle l'avait prise. Ses cheveux doivent encore contenir un peu de ce shampoing.

Je suis certaine que ça t'est déjà arrivé à toi aussi. Toi qui as un vagin ou qui sais te l'imaginer. Personne ne va l'admettre. C'est trop personnel. Ça concerne que toi, le frigo et la nuit. Je ne suis pas gênée. Du front tout le tour du frigo. La nuit toute transparente. Je suis ce genre d'oiseau. Meow, piano. Tu te lèves pour aller boire du jus au carton. Pourquoi s'encombrer d'un verre, personne ne regarde. Boire en réfléchissant, c'est toujours messy. De la limonade Beatrice. Ça ne vaut pas plus que deux dollars. Ça ne mérite pas de fioritures, pas de cristal. Toi, tu en mérites indiscutablement, mais pourquoi s'encombrer, personne ne regarde. Tu bois donc quelques gorgées au carton. En robe de nuit. En ce qui semble chandail le jour mais devient robe la nuit. Linge slack. Mathieu dit que tu es jolie quand tu portes du linge slack. Meow, piano. La limonade déborde, tu as le menton tout luisant, le liquide coule sur ta peau. Sur le bedon, un point de contact avec la robe : on dirait que ton nombril a pissé. Ça continue de couler, de descendre. Ça arrête pile au sommet de ton mont. Tu es toujours à te tenir le dos cambré. Profession exige. C'est comme ça qu'on est cute en talons hauts, quand on boit du jus au carton en allant pisser au beau milieu de la nuit. Meow, piano. J'écris ces lignes le dos cambré.

STANISLAS

Ça ne m'est jamais arrivé. Je vais hocher de la tête, mais ça ne m'est jamais arrivé. Je dors nu. En boxers des fois. Je ne veux même pas m'imaginer ce qu'elle aurait fait

48

de mes boxers si je lui en avais laissé une paire en souvenir. Je viens de vider le contenu de l'enveloppe sur le comptoir de ma cuisine. Ma chemise est tombée avec un bruit dégoûtant, comme une poignée d'épinards bouillis dans une assiette de porcelaine. Qu'est-ce que tu lui as fait, à cette jolie chemise, pauvre fille? Je repense au nom de sa clé USB et j'ai un peu peur. Je devrais peut-être mettre des gants.

FUCK MEOW HARDER.DOC

Mathieu dit que, si je passe trois jours installée dans le divan avec mon set-up actuel, je vais ressembler à la petite fille dans *The Grudge*. Ça, c'est drôle. Cambre ton dos, petite fille. Tape tes formulaires d'impôt le dos cambré. Tape tes petits textes fâchés le dos cambré. Pète ta coche le dos cambré. Meow, piano. Je n'ai pas essuyé la limonade qui a coulé par terre. Je vais me lever. Bonne à marier. Je vais cuisiner, un coup partie. Je prépare une batch de chili. Pour demain il faut que je trouve de l'anguille fumée. J'ai besoin de monnaie d'échange. Demain, je m'invite à souper chez lui, c'est décidé. Il ne m'invitera jamais de lui-même. Une anguille fumée contre du sexe. Du troc. Je pourrais l'attendre dans le salon pendant qu'il cherche de la musique, sortir l'anguille de son emballage, poser mon linge sur le divan, faire le pont et mettre l'anguille sur mon bassin, comme si c'était une ceinture. Femme table. Je suis folle peut-être mais ça me ferait bien rire. Lui aussi pourrait rire. C'est un Louperivois. Il est né là-bas, puis il est déménagé à Montréal, il peut comprendre. La poissonnerie est fermée. Ma noune est triste. Le chauffeur de taxi me dit qu'il y en a une autre. On y va. Meow, piano.

STANISLAS

Fuck. Pourquoi je ne t'aime pas ? Sérieux. Tu es parfaite. C'est ça que tu veux que je te dise ? C'est un peu toi qui choisis. Tu prends mes cordes vocales, tu en fais du macramé. Tisse, petite conne. Tisse toujours plus. Fais-moi dire tout ce que tu espères entendre. Tisse encore, plus fort. Alors que je fuck meow harder. Pas toi, une autre, une autre. C'est l'été, j'ai chaud.

FUCK MEOW HARDER.DOC

De l'anguille fumée, c'est moins long à faire cuire, qu'il a commencé à m'expliquer tantôt. De l'anguille de base, ça fera. Au point où j'en suis. Puis, je me dis que je pourrais l'accrocher au plafonnier du salon, fumer comme une cheminée, comme d'habitude, le tour serait joué. Prends ton temps, le four, j'ai plein de choses à dire avec mon corps à ton propriétaire. Je pourrais lui faire une danse. Ça m'aiderait à installer une distance. Je pourrais prendre une photo avec mon ordinateur. Oui. Pour lui proposer le souper. Tiens, un faire-part funky. Je pourrais écrire le mot ROCHE sur un post-it, me le coller sur le front et me tenir accroupie sur l'emballage de l'anguille. La tenir sous mon visage. Il fait noir dans la deuxième poissonnerie. Personne ne vend de poissons dans le noir. Ils vendent du poisson au IGA, que le chauffeur me dit. Je la pêcherais moi-même, cette foutue anguille, si j'avais le temps. On est passés devant une fontaine tout à l'heure. Être une anguille, je me tiendrais là. Go pour le IGA. Meow, piano.

STANISLAS

C'est faux. Je ne te crois pas. Tu n'aurais pas pris un taxi de quarante dollars pour zigzaguer d'une poissonnerie à l'autre. Ça aurait été si clément, t'aimer. J'aurais pu manger de l'anguille fumée tous les soirs. J'aurais été ton pimp. Je t'aurais envoyée partout, à travers le Québec au complet, pour que tu me ramènes tout ce que je souhaite manger. Gars roi. Va, jeune reine, va en Abitibi, c'est la saison de la chasse. Ramène-moi de la viande fraîche, fais-moi un ragoût. Bruits de chaudron. Ting. C'est prêt.

FUCK MEOW HARDER.DOC

Le chauffeur me dit qu'il me ferait danser, lui. Que je suis si jolie, si gentille. S'il savait comme je ne le suis pas assez, comme je ne le serai jamais assez. Je lui explique que mon client m'a dit que je devrais m'appeler Blanche-Neige, parce que j'ai les cheveux foncés et la peau blême. Je lui raconte que j'ai dansé pour un nain le soir même, que c'était si mignon. Le nain voulait me fourrer, ça c'était moins mignon. Les oreilles de ma mère se font faire une permanente. Cette semaine, je me suis étiré un ligament du pied. Je dois danser en bottes de cowboy. Semaine difficile. Mon portefeuille a si mal à l'ego que sa fermeture éclair a brisé tout à l'heure au moment de payer à la Brûlerie. Ce que je fais dans la vie? J'écris des livres, monsieur. Des livres que tout le monde peut comprendre. Oui, un peu comme *Twilight* mais mieux, plus poétique, disons. J'ai la peau blême, je suis un vampire, c'est obligé. Non, pas des livres de psycho-pop. Les parents du garçon de l'anguille sont psychologues. Non, ce n'est pas mon chum. Non, il ne m'aime pas. Oui, je suis accrochée. C'est l'homme de ma vie, monsieur, je ne suis juste pas la femme de la sienne. Le chauffeur me dit de le tutoyer, il va me faire danser. On arrive devant le IGA. Je dois tourner à gauche, puis courir jusqu'au fond. Meow, piano.

STANISLAS

Tu ne fais meow pour personne maintenant. Je n'en ai rien à foutre de ton journal intime.doc. J'ai envie de réagir.doc mais je ne le ferai pas. Je vais te critiquer. Je vais te dire ce que tu es vraiment et tout le monde va m'écouter parce que je suis encore en vie, moi. Tu dis que tu es personne et tout le monde en même temps pour faire cute, mais en réalité tu n'es rien. Tu es du pus, c'est ça que tu es. Du pus qui pourrit les mots et la littérature au grand complet. C'est ainsi. Accepte-le.

FUCK MEOW HARDER.DOC

Je suis une pute. Je fais la pute cette semaine. Pas le choix, trop de dépenses, et en plus cette histoire d'anguille. Mais il n'y a pas d'anguille ici. Il ne voudra pas de moi. Je ne vaux rien sans l'anguille. Meow. Je prends deux pots de bourgots dans le vinaigre. Ça vient de Baie-Comeau, c'est des mollusques. Ça baigne dans un liquide blanchâtre. Je vais devoir racheter des batteries pour mon dildo. Je vais mettre le pot sur une table de ma chambre. Je vais devoir me crosser en contemplant le liquide blanchâtre dans le pot. Rien n'a changé. Je suis juste plus pute que le mois dernier. Piano. J'irais bien te porter un pot de bourgots pour te regarder les sucer, mais il y a cet homme qui s'en vient chez moi « accorder mon piano ». Je cambre mon dos bien comme il faut et j'écris ce poème :

je bois de la limonade à deux piastres
et je t'aime
fuck meow harder
que je dégoutte
un peu

Je ferme les yeux, j'ouvre les yeux.
L'oiseau.
J'appelle Dr Boutiller L'oiseau.
Il est gentil.
Il m'a tenu la main.
Je cligne des yeux.
Le Decadron me fait enfler de la face et cligner des
    yeux.
Pour te donner une idée.
Hier mon oreiller, ça a été toutes sortes d'affaires
Ça a commencé par être un chat.
Puis, un chien.
Quand j'ai ouvert les yeux, j'ai vu.
Tout ce temps, c'était un oreiller.
Je suis encore à Notre-Dame.
Mon dîner arrive dans pas long.
Je vais m'asseoir sur la chaise.
Je vais être une magicienne.
Mon cul, c'est une colombe.
Je vais le faire disparaître.

À Raphaëlle, je lègue.
Ce texte pour Thomas,
son bébé doll qu'elle m'a prêté
et une centaine de fennecs.

RAPHAËLLE

On était amies. On se connaissait du secondaire. Je mettais mon alarme à cinq heures pour aller travailler. Elle, elle sortait de la job à cette heure-là. Pas le même rythme de vie. Mathieu m'a envoyé une enveloppe brune pleine du linge noir que je lui avais prêté. J'ai trouvé ce texte sur une clé dans la poche de mon veston. Je sais toujours quoi mettre, mais jamais quoi dire. C'était elle qui savait quoi dire. Moi, je suis juste bonne à copier-coller. À comprendre l'intensité. Mais pas à l'écrire.

THOMAS HILFIGER.DOC

J'ai encore un ami qui s'est suicidé. J'ai un ami qui vient de mourir. J'ai un ami qui vient de s'enlever la vie. Ces mots tombent sur la chaussée. Thomas est mort aujourd'hui. Tu penses, mais tu ne penses pas. Ces phrases, quand c'était ton ami qui te les disait au téléphone, ce n'était pas trop pire, ça rentrait fort, ça faisait mal, mais ce n'était toujours que des phrases. Tu ne sais pas quoi dire, personne ne sait jamais quoi dire, tu n'as rien à dire, tu sais que tu n'es pas obligée de dire quelque chose, mais tu essayes, tu commences une phrase,

je n'en reviens pas que,

je me demande comment sa mère fait pour,

je me souviens de cette soirée dans le sous-sol
de ses parents la fois que,

je me souviens du site Internet qu'il avait créé
pour raconter son voyage de deux ans en
Chine et où il avait parlé de moi, de combien
j'étais le fun et créative et de combien il allait
s'ennuyer de moi,

je me souviens d'avoir lu ses statuts Facebook,
que ça m'avait fait sourire, qu'il avait l'air
de s'épanouir,

tu réussis à dresser la liste des souvenirs, mais tu sais que tu es en train d'en oublier, tu te fâches contre toi-même, contre ta mémoire de poisson rouge, tu te fâches d'avoir cessé de lui écrire il y a de cela deux ans déjà. Tu te demandes si tu aurais pu y changer quelque chose, si tu aurais su trouver les bons mots, panser une plaie ici et là, tu te demandes si tu aurais pu retarder son geste. Tu te dis que tu aurais pu l'appeler, que tu aurais pu lui demander son numéro, l'appeler une fois de temps en temps. Tu te dis que tu aurais pu l'appeler le jour même et le prendre par surprise, lui dire quelque chose de gentil, de simple et de sincère. Tu te demandes si ça aurait pu avoir un petit effet.

Ses écouteurs ne lui faisaient pas. C'était une fille faite pour des speakers. Je lui avais prêté les miens, les écouteurs noirs, ils sont dans l'enveloppe brune. Je me demande si sa cire d'oreille va se mélanger à la mienne. Je me demande si ses oreilles continuent à produire de la cire. Je pourrais appeler Les Perruches ou L'oiseau pour le leur demander. Je pourrais le demander à tous sauf à elle. Elle est morte. Les Perruches, c'était son orthophoniste à l'hôpital. L'oiseau, c'était son neurochirurgien à l'hôpital, celui qui ne pouvait rien faire. Quand elle était gamine, elle a eu deux perruches, Marie et Stéphane. Marie-Stéphane, c'était de sa faute s'ils oubliaient tout le temps de mettre du thé dans son plateau. Son neurochirurgien avait une coupe de cheveux d'oiseau. Les cheveux en bataille. Comme des plumes grasses, des chips soyeuses.

Mes condoléances à sa famille, mes condoléances à tous ses proches, mes condoléances. Mes condoléances à sa mère, à son père, à ses frères et sœurs, à sa blonde, à tout le monde qui l'a aimé, qui l'a connu, à tous ceux qui ont passé ne serait-ce qu'une soirée avec lui. Mes condoléances. Il faut trouver le moyen de se motiver, il faut que j'aille travailler, il le faut. Il le faut puisque je dois acheter des fleurs demain, un gros arrangement de fleurs, des fleurs que je vais choisir moi-même, que je vais arranger moi-même. Je dois aller travailler, je dois me mettre en bobettes lustrées, en gros talons aiguilles et aller travailler, aller me faire aller les franges, aller séduire des hommes, leur prendre tout leur argent. Je n'aurais pas quelque chose de mieux à faire si je restais à la maison. Je n'aurais pas un rond, qu'une dizaine de cigarettes, envie de boire comme jamais pour me permettre de pleurer, de me saisir de ce sentiment. Et je ne pourrais pas rester ici, chez moi, chez moi et Jackie et Alice et Carl et Patrick et son ami anglophone dont j'ai oublié le nom. Je ne pourrais pas endurer leurs voix stridentes et leurs rires ivres, je ne pourrais pas endurer le contraste entre moi et les autres. Au moins, au travail, je peux me lover dans cette image boursouflée de moi-même, je peux jouer la danseuse étoile, la super bombe sexuelle. L'haïssable, la tannante, la in-a-naughty-mood. Et faire de l'argent, pour acheter des fleurs, pour aller, pour trouver le courage d'aller au salon funéraire.

RAPHAËLLE

Je ne suis pas allée payer mon dollar d'existence à sa famille. Elle non plus. On est restées riches, chacune chez soi. Famille, je te dois deux piastres. Je dois de l'argent un peu partout. Des huards par-ci, par-là. Je suis allée la chercher avec sa chaise roulante. Je l'ai sortie de sa jaquette. Elle a bavé partout. C'était dégueulasse. Être un oiseau, je me serais tenue sous sa bouche. Dégueulasse mais plein de nutriments. Restants du gratin d'hier, coulées de café, bave. Douche organique pour oiseaux affamés. Elle n'a pas voulu voir Max dans sa boîte noire.

Elle voulait aller dans l'autre salle. Je ne comprenais pas au début, je l'ai suivie, j'ai compris.

THOMAS HILFIGER.DOC

C'est fou ce que ça fait un cerveau en de telles situations. Quand quelqu'un te pose une question, tu as la petite main dans la tête qui va directement écarter le bon rideau et qui se saisit de la bonne matière à vulgariser. Quelqu'un t'annonce que quelqu'un que tu as connu est mort, tu n'as plus de moyens, tu as huit petites mains, tu as la méduse dans la tête, toutes tes pensées se solidifient, les rideaux tombent, tu es nue dans un désert de béton et de gyproc et tu n'en finis plus de te répéter : Il faut réagir, comment réagir, r. é. a. g. i. r. Tu fouilles dans tes souvenirs, tu arrives juste à te souvenir des détails inutiles, des moments insipides, des lieux où vous avez passé vos soirées, de ce que ton ami te racontait sur lui, de la fois que vous aviez tous écouté un film dans le sous-sol de chez ses parents, de la cuisine tout en bois de chez ses parents, tu n'arrives pas à te souvenir de lui tout simplement, tu n'y arrives plus, c'est comme s'il avait déjà commencé à mourir bien avant, tu te souviens de son visage la fois où tu parlais avec lui sur le balcon mais tu ne te souviens pas de ses mains, de ses proportions, tu n'arrives plus à te rappeler du chandail qu'il portait tout le temps. Tu te souviens qu'il t'avait écrit, mais tu ne te souviens plus quoi et ça te fâche. Mais ce qui te fâche davantage, c'est que tu te souviens très bien que le message était bourré de fautes et que ça t'avait énervée. Ça te fâche que tu

priorises le négatif tout le temps dans l'ordre des données tout le temps et encore plus maintenant. Ce n'est
pas le moment de penser à ces choses-là, c'est le moment
de penser avec nostalgie aux bons moments, aux mauvais, mais pas aux ordinaires.

RAPHAËLLE

Le garçon dans la boîte noire, l'urne noire, qu'on m'a
expliqué, il s'appelait Stanislas lui aussi et il est mort du
cancer du cerveau. L'urne noire. C'était mieux comme ça.
Il était toujours sur son trente et un. Son cerveau, c'était
un calinours pas content. Comme celui de Vickie. Ce
jour-là, l'arc-en-ciel qui sort du trou du cul de la marde
s'est flétri pas à peu près. Ce jour-là, Vickie avait un œil
bombé. Elle était macabre et maganée. Toute blanche.
Comme une page. Stanislas avait un nom de famille
compliqué. Un truc russe ou slovaque. Les fennecs sont
entrés dans le building, je ne leur ai pas ouvert la porte.
La voix de Caprice et ses anecdotes de plotte stridente.
Je suis contente qu'elle soit loin de nous dans le vestibule
du salon funéraire, cette fille. Ça fait quelqu'un pour
s'occuper des animaux. Les fennecs vont finir par être
plus stridents que sa plotte. On va sortir dans la noir-
ceur dans pas long. On va tenir les mains de Vickie en
attendant. Vickie va finir par être plus stridente que
tout le monde dans son silence. C'est par la contem-
plation silencieuse qu'on perce les gens à jour. À nuit,
dans ce cas-ci. Vickie voulait porter du noir pour mat-
cher avec la nuit. C'est ce qu'elle disait. Elle a toujours
été une grosse menteuse.

C'est fou ce que c'est fâchant. On se forçait, on se force encore et toujours sans relâche pour trouver des activités intéressantes, pour vivre de grands moments, de grandes soirées, de grandes conversations dans le blanc des yeux, de l'épique, et au final ce sont les moments les plus simples qui rayonnent, les plus banals, souvent les moments de silence, ces moments à juste être dans la même pièce que cette personne, à faire une activité ne nécessitant pas d'échanges, ou peu, parfois quelques mots, une question, mais jamais la réponse. Tu te souviens plus de toi avec lui que de lui avec toi. Tu te souviens de ce que tu portais quand vous êtes sortis, mais tu ne te souviens plus du bar, ni de qui que ce soit, ni de quoi que ce soit, juste que ta robe American Apparel t'allait bien ce soir-là. Puis, ça bascule, tu te souviens que tu l'avais volée, cette robe, tu te souviens dans quelle succursale, Mont-Royal, que c'était un soir frisquet et que tu avais marché dans la ruelle en ressortant du magasin puisque tu avais peur de te faire pincer et qu'un employé soit en train de te poursuivre dans la rue. Tu ne comprends pas comment tu fais pour penser au American Apparel dans un moment comme celui-là. Ce n'est pas comme si tu pouvais te reprendre, comme si tu pouvais mieux penser la prochaine fois, on ne meurt qu'une fois. Apparemment que, quand tes amis meurent, tu es juste capable de penser à une vulgaire robe American Apparel et de comment tu te l'es procurée. Tu te dis que tu aurais dû commencer à être triste et à pleurer depuis un bon vingt minutes, mais ce n'est pas comme si ça pouvait se commander, et ce n'est pas le moment de faker. Tout ça relève de la plus pure sincérité. Des guenilles et des guenilles, toujours que des guenilles. C'est navrant.

RAPHAËLLE

Je porte une robe noire. Vickie aussi. On porte du noir. Pour moi, c'est charmant, le noir. Ça amincit. Pour elle, c'était plus compliqué. Tout était toujours plus compliqué. Elle faisait plein de choses en même temps, disait et pleurait plein de choses en même temps. C'était le festival du deuil, du point d'exclamation. Elle a regardé l'urne et promis à la dame d'arrêter de fumer. Trop de deuils. Elle est comme les malades sur les paquets. Frêle et jaune. Urée, nicotine, carrément. À sécher, à émietter, à fumer. Ce n'était plus une fille. C'était un morceau. Un petit amalgame de chair trop assaisonnée.

THOMAS HILFIGER.DOC

Tu te dis que ça ne vaut pas la peine que tu annules ton shift pour vivre ton deuil parce que tu ne le vois pas vraiment venir, ce deuil. Tu te dis que tu vas trouver la drive de te motiver et de te surmener dans ce sentiment incertain. Tu te décides, tu vas aller travailler. Tu te lèves, tu enfiles tes talons aiguilles et ton sac à dos, tu décides de marcher jusqu'au club pour réfléchir un peu, et tu entres, tu te déshabilles, tu es la première sur le plancher. Une heure passe, pas un chat, deux heures passent, un chat, quarante dollars. Tu es assise sur un banc à côté de la boîte du DJ et tu n'en finis plus de te regarder dans le miroir, de te trouver moche, de trouver que tes cheveux ont l'air gras, tu te fais une couette, tu te fais une tresse, tu défais tes cheveux, tu les balayes sur le côté, tu descends en bas dans ta loge y mettre du spray net, tu remontes, te perches sur un autre banc, et c'est la même chorégraphie, rewind, play, over and over. Soudain tu ne peux plus te mentir à toi-même, tu as les cheveux gras, tu n'es pas jolie aujourd'hui, tu es zéro sexuelle aujourd'hui, ton ami est devenu mort aujourd'hui, il n'y a pas d'argent à faire ici. Tu pètes ta coche. Tu fais ta petite scène, tu vas voir le boss, en marchant vers son bureau tu te dis que tu vas lui inventer quelque chose pour partir plus tôt, que tu es dans ta semaine, que tu as des grosses crampes, mais tu n'as pas envie de lui mentir à lui non plus, tu lui dis qu'il n'y a pas d'argent à faire ici et que tu n'es pas assez à l'argent de toute façon pour te taper ta chorégraphie de cheveux toute la soirée. Il te dit de ne plus jamais revenir dans son bar, tu lui dis merci et tu rentres chez toi. Quand tu montes les escaliers de ton appartement et que tu entends un concerto de voix à travers la porte, tu dis fuck et tu entres.

RAPHAËLLE

Ses cheveux, Isabelle les avait coupés, et sa mère lui avait fait les aisselles et les sourcils. Je porte ma broche. Les séries se reconstituent.

Il y a le G21 dans ton appartement, il y a plus de monde que de chaises. La voisine appelle pour chialer. C'est encore le foutu avant-dernier CD de Daft Punk qui joue et tout le monde est ivre, tout le monde parle fort, Jackie parle aigu, Alice te dit qu'elle t'aime. Tu te dis que tout n'est pas terminé, que tu peux t'asseoir sur une chaise, que tu as le droit d'en réclamer une, que tu payes un loyer pour pouvoir t'asseoir sur une chaise dans ton appartement quand bon te semble. Tu n'arrives toujours pas à te concentrer sur ton deuil. Tu te mets à coudre des plumes sur ton corset pour ton costume d'Halloween. Toujours ces guenilles. Toujours ces post-enfants occupés à boire de la bière et à foutre le bordel chez toi, tu n'es plus capable de les écouter parler, toujours tu vois les failles et les faiblesses dans leurs conversations, mais tu ne dis jamais rien, tu prends ton trou, tu couds tes plumes et tu fumes une cigarette après l'autre, tes yeux te picotent mais tu ne brailles toujours pas. Pas envie d'en parler.

RAPHAËLLE

Jackie et Alice sont arrivées. Caprice a traîné son nouveau chum. Elle le présente à Jackie et Alice. Les fennecs s'énervent. Vickie ne rencontre jamais ce type de garçon qui fait tout pour la fille qu'il aime, comme dans les films. Elle a mis la pellicule à l'envers. Elle s'est réveillée sans son linge dans un bain au métro Cadillac. On lui a menti, on l'a dopée, on l'a volée. Il y a des choses pour lesquelles les petites culottes sont décoratives. Je range ma caméra dans son étui, je prends une photo de ma caméra dans son étui avec mon cell. Je l'envoie au Musée d'art contemporain. Dans mes rêves. Je préfère la guédille gluante qui pend de la bouche de Vickie à la phrase complète. Je vais lui essuyer la bouche, même si elle haït ça.

THOMAS HILFIGER.DOC

Tommy et son collègue de job Magella débarquent avec une petite ration de rhum et des choses à dire. Tu ne les connais pas, tu les rencontres. Vous parlez un peu. Tu apprends que le Mexicain anglophone assis à l'autre bout de la table, personne ne le connaît, que le chum d'Alice l'a rencontré dans la rue et a décidé de le ramener à la maison. Il a des yeux de tueur ou de violeur, le Mexicain, tu paranoïes en toi-même, ça te fait un peu de drama, tu te dis que tu pourrais passer par la peur pour arriver au deuil mais en vain. Rien ne fonctionne. Jackie fait son agace comme d'habitude; il y a des mecs dans la place, ça fait un déclic dans sa petite tête de linotte. Elle se met debout sur sa chaise et montre son cul. Elle raconte des anecdotes d'elle nue saoule dans des endroits où tu es allée toi aussi, des anecdotes que tu as entendues mille fois de trop parce que tu étais là toi aussi cinquante pour cent du temps. Elle crie, elle parle de musique avec Magella, elle sait tout, elle connaît tout sur la musique, elle interrompt tout le monde pour partager ce savoir que tu as entendu déballer encore une fois mille fois de trop parce que tu le savais déjà. Tu es tannée de l'entendre. Tu te dis : Mets tes guenilles, sors de cet appartement emboucané, va à l'Esco boire une bière et réfléchir. Alors tu mets ton manteau. Tommy et Magella avaient du fun à jaser avec toi, ils disent qu'ils vont aller te rejoindre là-bas après leur dernier verre. Jackie crie moiiiiii aussssiiiii, tu te dis fuck, tu souhaites qu'elle pass out sur la table, tu as envie de l'assommer, mais c'est justement ça, le problème, elle est trop sonnée les matines. Vouloir marier des hommes riches et ne pas en être capable, c'est son drame. Tu n'as pas envie que ça soit le tien mais tu habites avec, elle te colle au cul et trémousse le sien sans cesse dans ta face. Là tu es dehors. Là tu es à l'Esco. Toujours pas le deuil, toujours des guenilles. Tu regardes ce que les gens portent dans le bar, tu te dis que c'est la seule chose dont tu es capable de te souvenir, alors tu scannes minutieusement tous les boutons de toutes les vestes et toutes les ceintures de tous les pantalons, les tatouages de pattes de chat sur les seins, les lunettes sans verres, les bottillons de cuir. Jackie et les autres arrivent, tu sens que Jackie va se toucher les seins en public, et toi tu te sens comme lundi, mardi, mercredi, comme tous les jours. Mardi, Thomas est mort, Jackie se touchait les seins en public, je m'achetais une rose de deux pieds pour me remonter le moral. Dehors. Cigarette. Tout le monde suit. Tu parles avec Tommy. Tu penses qu'il s'appelle Thomas parce que ton cerveau te fait des clins d'œil mais tu t'en apercevras juste plus tard, alors tu ne l'appelles jamais par son nom. Tu ne veux pas que ça fasse mal. C'est chiant quand ça fait mal en public et tu aurais bien beau te toucher les seins comme une déchaînée toi aussi que ça ne changerait rien à rien. Last call. Tu cales ton verre. Tu rentres avec Tommy et Jackie chez vous. Vous « empruntez » une caisse de douze à Alice et Patrick, vous leur laissez un vingt sur la table de chevet. Jackie veut écouter *Toy Story 3*, on regarde *Toy Story 3*, on ne l'écoute pas, elle s'endort, on parle. On parle toute la nuit et ça fait du bien de parler. Thomas-Tommy est intéressant, il a vécu dans la rue, il n'a rien d'un junkie, il ne l'a pas été, ça figure. Je le trouve sexy et j'ai un peu envie de lui, mais je ne veux pas y penser. Il a une blonde chez lui qui fait dodo toute seule dans leur grand lit. Normalement, tu t'en fous, de la morale, mais tu te dis que tu ne peux pas t'en foutre aujourd'hui, ça ferait trop de choses à traiter en même temps. Toujours pas de deuil. Thomas-Tommy s'en va. Tu t'endors fière de toi.

RAPHAËLLE

Demain je vais passer la voir. Sa nouvelle occupation : longer des murs. Il faut bien quelqu'un pour interpréter ces silences dans les autres chambres. Elle est là pour interpréter. Moi, je lis. Hors de moi, je lis. Tant de raisonnements douloureux, de résonances magnétiques. Ça sonne presque pareil, mais c'est complètement différent. C'est dans une grosse machine que ça se passe. Les raisonnements, ça ne passe pas. Il n'y a pas la machine pour. Elle n'existe pas encore. Il faudrait une machine avec plein de bras, de chaînes de métal. Il la faudrait juste pour moi. Un seul numéro de série et ma main pour le noter. Pas de calme, pas d'expression dans ma face.

Tu te réveilles d'un des meilleurs, d'un des pires wet dreams de ta vie le lendemain après-midi. Il était là et vous vous sautiez dessus en cachette. Il avait une bosse de huit pouces de long et de trois pouces de large dans ses pantalons et il frenchait fucking bien et Dieu que le sexe était bon, tu en vibres encore quand tu te réveilles. Tout ça te fâche comme ce n'est pas possible. Quelqu'un est mort, quelqu'un que tu as connu et ça ne t'empêche pas d'aller boire une bière entre amis, ça ne t'empêche pas de faire un wet dream pas possible où il y a un mec avec une fucking pastèque pour pénis. Tu te dis que toi quand tu vas mourir tu voudrais que les gens ne puissent pas faire ces choses-là, que ça ait plus d'effet sur eux. Tu veux, tu veux tellement pouvoir donner l'exemple, mais tu n'es pas capable. Tu es triste, mais pas assez. Celui qui est mort, tu ne l'as jamais connu trop bien, tu as juste su à peu près c'était qui, le manque de substance de cette relation t'empêche de ressentir une vraie émotion, une vraie tristesse, de vivre un vrai deuil. Tout ce dont tu es capable, c'est d'offrir tes condoléances à sa famille. D'acheter des fleurs, de dire «mes condoléances» et de prendre les gens dans tes bras au besoin. Mais, quand tu y penses, tu te dis que, si quelqu'un dans ton entourage mourait et que des tonnes de visages inconnus venaient te jouer ce numéro, ça finirait par te fâcher, t'insulter que personne ne partage ta peine, ton manque, ta détresse. Ça finirait par t'insulter qu'ils aient une haleine de bière et dans les yeux une queue bien bandée.

RAPHAËLLE

J'ai vidé le contenu de l'enveloppe brune. De la guenille, des écouteurs noirs, des amis. Une centaine de fennecs pour chacun. L'amie est morte. Ses amis aussi.

THOMAS HILFIGER.DOC

Thomas se passait un tie-wrap autour du cou. Au même moment, dans mon ordinateur, Uffie poussait des portes et des figurants hors de son chemin. Thomas se pendait avec son tie-wrap autour du cou. Dans mon ordinateur, j'écrivais : Ryan Gosling est tellement sexy. Thomas mort attendait qu'on découvre son corps et moi, au même moment, j'achetais de grandes plumes blanches, un tutu blanc et un masque pour mon costume de cygne dans un magasin de la rue Mont-Royal. Toujours ces guenilles. Toujours ces contrastes. Toujours ce maquillage. Tel est mon drame : les vulgarités de la vie me rattrapent toujours tôt ou tard, si pas aujourd'hui, demain, si pas tout de suite, tout à l'heure. Jamais je ne pourrai écrire de belles histoires d'amour, en tout cas jamais avec facilité, toujours je devrai pousser des portes et des figurants hors de mon chemin, crier au loup, et par-dessus tout chialer et tout dramatiser.

Je ferme les yeux, j'ouvre les yeux.
J'ai encore mal au foie.
Je ferme les yeux, j'ouvre les yeux.
J'ai vingt-trois ans. Pourquoi j'ai mal au foie ?
Je ferme les yeux, j'ouvre les yeux.
Je suis étourdie. Mon cœur bat vraiment trop
    lentement.
Je ferme les yeux, j'ouvre les yeux.
Mon corps est encore scrap.
Je me demande comment ce serait, mourir,
    ou comment ce serait, passer à un cheveu de.
J'imagine le stop-motion jusqu'au téléphone,
    juste avant de.
Comme ça.
Dans le salon de ma mère.
Je ferme les yeux, j'ouvre les yeux.
Ma bouteille d'eau est vide. Il me reste deux gorgées.
Il me reste deux coches sur cette batterie de vie.
Vraiment pas fort.
Je rote, what the fuck.
Peut-être que je réagis au chili, sieste post-repas.
Je ferme les yeux, j'ouvre les yeux.
J'ai l'impression qu'une journée entière a passé
    chaque fois que j'ouvre les yeux.
C'est mélangeant, c'est contradictoire.
C'est comme si je me réveillais et m'endormais
    en même temps.

Oréo, trois.
Sommeil blanc.
Je ferme les yeux et je garde les yeux fermés
longtemps.

À Catherine, je lègue.
Ce texte,
ma poupée gonflable
et une centaine de fennecs.

CATHERINE

Elle buvait de la tisane gingembre et poire. Moi, je bois du vin. Je suis allée à sa fête et elle est morte. Elle a eu vingt-trois ans et j'étais là, avec du vin, encore. Vingt-trois ans pour toujours. Je m'imagine mourir moi aussi parfois. Dans pas trop longtemps. Je vais boire beaucoup trop de vin. Je vais m'ennuyer d'elle. Je vais embrasser des gars et des filles de sa part. Chanter dans un karaoké de sa part. Je vais parler d'elle toute la nuit en buvant du vin. L'enveloppe que m'a envoyée Mathieu est brune, brun noisette. Ça me rappelle le café aromatisé que j'ai pris par mégarde à la cafétéria de l'université. Dans le temps que ça existait, des écoles. Je suis bien mieux avec le vin. Le café n'était pas buvable. Vickie m'a écoutée raconter cette histoire même si elle est banale. C'est à mon tour de l'écouter. Je regarde l'enveloppe brune sur le comptoir de ma cuisine. Je vais l'ouvrir et je vais trouver Vickie tannante. Injustice. Vingt-trois ans. Une clé USB. Un document.

JEAN SHORT PARTY.DOC

La fumée se fait vieille. On dirait que je fume sans arrêt la même cigarette. La cigarette ne change jamais. C'est moi qui ai changé. Elle est toujours aussi brune, le filtre toujours aussi jaune. Toujours la même allure de céréales. Ma bouche ne ramasse pas grand-chose. Quelques maladies. C'est tout. On dirait qu'il me faut changer de sujet tout le temps. Mais le sujet, c'est moi. Dire quelque chose d'intéressant. Sauter haut. Attention uniforme. Avec la petite étoile de récompense pour le style. J'ai mal aux jambes. Je chiale. J'ai un vagin, donc je chiale. C'est ainsi. Le sujet : pas intéressant. Mathieu dit que c'est le problème du lecteur. C'est lui qui choisit. Mathieu a peut-être raison. Mais je tiens à te dire que tu es beau, lecteur, que tu es belle, lectrice. Je suis fine de même.

CATHERINE

L'enveloppe a une forme étrange. Ça fait un tas sur mon comptoir. Le bol à fruits est juste à côté. Une vieille pomme y meurt. Je me demande elle a quel âge. J'écoute du dubstep. Vickie aimait ça, le dubstep. Elle écrivait toujours avec de la musique en background. Je suis un peu obligée là de lire en écoutant du dubstep, en hommage. Féérique n'aime pas ça. Féérique, c'est ma fille et je sais elle a quel âge, et elle n'a pas vingt-trois ans. Je me demande si Mathieu pourrait envoyer une enveloppe brune à Féérique quand je vais mourir à mon tour. Il n'y a pas d'adresse de retour sur l'enveloppe que j'ai reçue, Mathieu a fini son travail. Il y aurait plus qu'un document, ça c'est certain. J'éventre l'enveloppe. La forme que je devinais, c'était une poupée gonflable. Je viens de fumer une cigarette, je vais attendre un peu. Je ne voudrais pas donner le cancer des poumons à Vickie Gonflable.

JEAN SHORT PARTY.DOC

C'est désolant, navrant, follement difficile de se voir opérer cette machinerie lourde qu'est la langue française avec des mains pleines de pouces. Je suis en complet avec un chignon, mais je ne suis même pas employable. Note-le. Je suis en complet de couleur fade, comme le bureau. Je porte des couleurs de bureau puisque je travaille dans mon bureau. Ce n'est pas une phrase agréable à penser ni à vivre. Dans quel pétrin me suis-je mise? Dans quel gros embarras? Je dois ramener mes films. Ils traînent sur le plancher. Je n'en ai écouté aucun, j'ai ce genre d'attention. J'allume une autre cigarette pour faire semblant de quelque chose.

CATHERINE

Ça me donne envie de fumer plein de cigarettes. Moi aussi, je veux faire semblant de quelque chose. C'est comme un vieux film.doc. Dans le temps qu'il y avait des écoles encore. Dans le temps qu'on prenait le temps de nous apprendre que la cigarette, c'est mal, que ça va nous tuer. La poupée est gonflée. Vickie a inscrit son nom dans le front de son sosie Vickie Gonflable. Pour qu'on comprenne que c'est son sosie. Féérique pose des questions, je ne réponds pas. Ça me travaille. C'est la main de Vickie qui de son vivant a crayonné son propre nom. Elle savait qu'elle allait mourir. Elle n'a rien dit. On ne l'aurait pas écoutée. Better safe than sorry, fille. Tu aurais dû dire quelque chose. On aurait bu du vin ensemble et on en aurait parlé. Je t'aurais flatté les cheveux. Tu es le seul lapin que je connais. Tu étais. On se serait improvisé cette soirée de filles qu'on s'était promise. Je t'aurais fait deux tresses. Je connais ça, les tresses. J'ai une petite fille. Je vais te servir un verre. Bois, poupée. C'est comme de l'eau mais en mieux.

JEAN SHORT PARTY.DOC

La nuit de ton retour de Victo, j'ai rêvé que tu perdais un œil à cause d'une balle perdue et que je te faisais la lecture dans ta chambre d'hôpital. Je te ferais la lecture toute ma vie, Stanislas. Ça me rendrait heureuse. Je t'ai enregistré *Les vagues* de Woolf en intégrale au cas où. Je l'ai écouté un peu. Carillon dans la gorge. Pas été capable de me le taper au complet. J'ai failli me faire saigner du nez tellement je serrais mon verre de vin fort. Je n'aurais rien senti. Ma face a eu faim, mais je l'ai ignorée. Je n'ai rien mangé depuis ma salade niçoise. Elle est difficile à égaler. Tout ce que j'écris est par rapport à ce garçon. Il est difficile à égaler. J'ai hâte que tout ça soit fini. C'est plate, être triste. Dis à ton œil gauche qu'il est joli. Je te texte des niaiseries parce que je suis triste. J'ai le droit, que je me dis. Je suis toute nue sous ma jupe. Je suis toujours toute nue. En salopette je suis toute nue et en jean je suis topless. Juste un morceau à enlever pour me dénuder. Je suis un .doc simple. Tu peux me laisser effectuer mes mises à jour pendant que tu travailles. Mais tu ne travailles pas.

CATHERINE
Pauvre Stanislas. Pauvre Mathieu. Pauvre petite fille mélancolique. Je me souviens qu'elle en avait parlé sur son blogue, de ce rêve. Personne n'a commenté. Il est trop tard pour le faire maintenant. Je me demande si Mathieu administre ses adresses électroniques aussi. Peut-être qu'il existe un message automatique. Du genre « Dude, je suis morte. » J'espère que Shawn l'a aimée, lui, ça a été son seul vrai chum officiel. Je pourrais aller au club vidéo, mais je suis trop bien installée, là. Je vais trouver des films de fille sur Internet. Je pleure tout le temps devant les films d'animation.

JEAN SHORT PARTY.DOC
We are enfants terribles. We are fils absents. We are du même nom de famille plate. We are histoire plate. We are même pas dignes de mention. We are quand même dans ta playlist. We are pas loin de plein d'autres noms importants. We are passés à côté. We are pas pleins de pentes douces. We are abrupts. We are Rocky Road. We are ice cream and we get eaten. We get swallowed and then we spin. We are yet to be announced. We are the enfants of the revolution. We are même pas nés au complet. We are aussi morts que vivants. We marcher en

ligne droite. We tomber de haut. We never conquered. We failed.

CATHERINE

On a le même nom de famille. Avait. C'est ce qu'elle aurait dû inscrire sur le visage de Vickie Gonflable, notre nom de famille. Féérique s'est endormie super vite. Elle gardera un souvenir très flou et faux de ce film. Elle va penser que c'est l'histoire d'une gang d'étoiles et d'une montagne. Vickie s'en serait souvenue au complet, elle, et ça lui aurait pris trois tomes pour le raconter. Elle aurait engagé une graphiste. Elle aurait fait mille parenthèses. Elle avait toujours quelque chose à dire, à rajouter, un paragraphe à insérer. Toujours le besoin, l'urgence d'imager. L'ennui tournait inlassablement autour du petit poteau au centre de sa main. Elle aurait fini son verre de vin. Je vais le boire à sa place. Il faut que j'oublie. L'apocalypse dehors, il faut l'oublier. Le verre de vin qu'elle n'a pas fini, lui, il ne faut jamais l'oublier.

JEAN SHORT PARTY.DOC

As we fail, a good femme gives us refuge. It's so froid comme attitude que les windshield wipers ont besoin d'imagination pour fonctionner. Je suis un char. Je pleure des écrous. Je n'ai pas assez de gaz pour aller mourir en plein milieu de l'autoroute. Un char plate, pas cher, pas cher. Un char topless cheap. Catherine a eu un accident de char. Samson l'a raconté à Heidy. Heidy ne connaissait même pas les noms de ceux qui se trouvaient dans le char avec Catherine. Je me sens un peu jalouse comme char. C'est ridicule. Heidy a le droit de connaître plus de noms que moi. Heidy est DJ, elle mixe en tutu, tout le monde veut être son ami. Moi, j'écris topless. C'est plate, écrire. Je porte des bottes de cowboy pour me déplacer. J'aurais dû devenir DJ, j'ai deux tutus. Maudit que c'est plate, écrire. Tu pues toute seule dans ton coin. Tu es tout le temps dans ta semaine. Personne ne veut te parler, personne ne veut te fourrer. Tu pues et tu dors seule tout le temps. J'aimerais ne jamais avoir commencé à écrire. Hier, tu étais dans la vraie vie avec des gens et tu portais des bottes.

CATHERINE

Il y a des bottes de cowboy dans l'entrée, vestiges d'un Halloween pas original. Je vais les mettre à Vickie Gon-flable. Je n'ai pas de tutu, mais il est trop tard de toute façon, sa vie, c'est fini. On va aller quelque part, à pied. Je ne sais pas encore où. Ça manque de vin, ici. J'ai bu son verre d'une traite. Je suis contente d'être amie avec le gars du dépanneur. Il va trouver ça louche de me voir entrer avec ma poupée. Vickie lui avait raconté qu'elle était triste à cause d'un garçon un soir. Je pour-rais lui dire qu'elle est morte. Il l'aimait bien, lui aussi. Il va vouloir que je lui laisse la poupée pour en faire un usage conventionnel. Vickie était jolie. Était, oui. C'est difficile, les temps de verbe en temps de deuil. Tout le monde voulait la fourrer. Peu importe ce qu'elle peut dire dans ce texte qu'elle me donne. Pourquoi elle me raconte cette soirée? Je me souviens que j'ai eu un accident. Je sais bien que j'aurais pu mourir mais c'est elle qui est morte. Je sais comment ça finit.doc. Vickie meurt, je reçois une enveloppe brune de Mathieu, je parle à une poupée, je lui mets des bottes et je l'emmène au dépanneur.

JEAN SHORT PARTY.DOC

Tu vendais de la bière dans un party, pour rendre service à des amis. Tu portais des paillettes. Tout le monde voulait être ton ami. C'était un party de cinéastes, mais ils n'ont pas voulu parler de cinéma. Tu es partie. Les gens ne veulent jamais parler de cinéma dans des partys comme ça. Peut-être que, si je m'étais mise topless, les gens auraient voulu parler de cinéma avec moi. Je n'ai pas osé. J'aurais dû. J'aurais dû écrire à Catherine pour lui demander des nouvelles aussi. Mais j'ai peur que ça soit elle la nouvelle fille que Stanislas fréquente. Il n'a pas voulu me répondre quand je lui ai demandé si elle portait une tresse pour faire un quelconque jeu de mots witty dans le carnet d'adresses de mon cellulaire. C'est louche. C'est ridicule et c'est louche. Peut-être que la jalousie habillée me sied mieux. Trop de peau, trop de beige. La honte est palpable. Les enfants meurent. Je suis topless. Les vagues se brisent sur le rivage. We are enfants terribles. We fall asleep topless and empty.

Je peux taper les yeux fermés.

J'ai appris à taper en un mois au secondaire.

J'ai été secrétaire, j'ai fait de la dictée souvent.

Je ferme les yeux.

Mes mains sont des becs et mon corps est
     multicolore.

Mon foie est bleu, vert, turquoise.

J'ouvre les yeux. Je suis beige et plate.

Never mind.

J'ai le subconscient plein de plumes et la conscience
     en miettes.

Je peux taper les yeux fermés, mais mon téléphone est
     dans ma sacoche rouge.

Je ferme les yeux quand même.

Je joue avec mon mamelon droit,
     mon foie n'est pas loin.

Ma main feel bizarre.

Ça me rappelle mon accident avec le filet mignon,
     ma main brûlée, le bandage.

C'est avec cette main-là que je tiens tout mon corps
     quand je tourne autour du poteau.

J'ouvre les yeux.

Je suis lourde.

Je me débrouillerais très bien avec juste ma tête,
     mes mains, mon mamelon droit, mon cœur
     et mon vagin.

Je sais qu'il y a plein d'autres organes.

Je regarde le plafond.

Je suis étourdie.

Là c'est crème, là c'est sable, les nuances se
    multiplient.
Ça me donne envie de manger un biscuit à l'avoine et
    de faire pipi.
Une fille se fait bleuir la peau par un homme
    dans une van quelque part.
Mon père tape à une main.
Moi aussi au moins j'ai une main.
Mon lunch est censé arriver bientôt.
Je vais emailer ma mère.
Je suis trop végétale pour me lever.

À Mikka, je lègue.
Ce poème,
le saumon dans le dumpster
et une centaine de fennecs.

MIKKA

Le char qui l'a reconduite à sa fin, il n'était ni rouge ni
à moi. Il était jaune et il faisait du gros bruit pas électro
pantoute. Mathieu dit que c'est la littérature qui lui a
donné sa tumeur. Peut-être. Sa vie allait si bien. J'étais
fâché lorsque j'ai lu ce poème d'elle. J'ai vécu une idylle
avec cette fille. La morte, là, Vickie. Je l'ai beaucoup
estimée, mais elle m'a donné trop de clés trop vite, ça
m'a fait peur. Elle écrivait une pièce. Il allait y avoir un
gros char rouge au fond de la scène, quelque part derrière les comédiens. Frédérique aussi, c'est une fille de
théâtre. J'aime les filles de théâtre.

SAMANTHA FUCKS.DOC

un parfait gentleman
tu vas te cacher dans ta chambre
pour éplucher ton blé d'inde
tu loues une chambre de motel

pour éplucher ton blé d'inde
ton oreiller gigote
les paillettes de mon chandail ont éclaté
tu as revolé
les draps sont laiteux
le lit stone de désir
écume de tant de jambes
planches intoxiquées
que l'on paye

MIKKA

Chaque fois que je vois une Tercel rouge, je pense à
elle. À elle nue. À elle dans des chambres d'hôtel qu'elle
payait de son cul pour que je vienne le lui pogner dedans.
Je me souviendrai toujours de cette nuit avec elle au
Pomerol, un hôtel du centre-ville. Elle s'était fait violer
en Abitibi. Elle m'a tout raconté à moi, juste à moi. La
chambre du Pomerol se trouvait au bout du corridor.
Comme celle de Char Rouge en Abitibi. Je l'ai laissée là.
Avec Char Rouge au bout du corridor. En elle. J'aurais
peut-être dû rester. J'ai été si lâche. Au moins, maintenant, je peux partager son secret. Maintenant qu'elle
n'est plus là pour crier comme un fennec.

SAMANTHA FUCKS.DOC

neige
je fais un ange
ai fait l'étoile
gratis
la lavandière cogne

j'ai la rage
la peau jaune
l'urée sucrée
j'ai les ailes glissantes
tu es parti muet curé
le lit est encore tiède
l'oiseau est entré
par les fenêtres fermées
par les rideaux qui téléportent
jailli d'un motif
le mascara m'appelle
je trouve ton paquet de cigarettes
oublié dans la salle de bain

MIKKA

Char Rouge vrombit au fond de la scène. Petits bruits
de fennecs qui s'étouffent. Vieux Char croûté. Avec des
yeux en stroboscopes. Le soir du Pomerol, on était censés
se faire un petit souper chez des amis à elle, je devais
la rejoindre à la Station Centrale et hop chez les amis.
Elle voulait nous préparer du saumon en croûte. Plan
annulé. Le soir du Pomerol, elle voulait juste pleurer
sous la douche. Elle me racontait tout en même temps,
la recette, les ingrédients, les événements de la veille ou
du moins ce qu'elle s'en rappelait. C'était mélangeant.
Mais c'était que la vie continue, continuait. Le soir du
Pomerol, je suis parti sans m'expliquer. Un saumon a
pourri pour elle ce soir-là dans un dumpster quelque
part. Pauvre fille. Elle est toujours à un poisson près de
l'amour. Pauvre fille et pauvres fennecs qui s'étouffent

en criant. Peut-être que c'est dans ce loft d'Abitibi que cette tumeur s'est concrétisée. C'est là qu'elle s'est fait violer. Ça devait arriver. Ça allait arriver. C'est arrivé. Je me disais aussi qu'elle allait trop bien pour que ça dure. Quelque chose devait clocher. Moi, je n'ai rien dit, c'était mieux ainsi. J'aurais eu tout le monde sur le dos. Ça doit être pour ça que je suis à la fin du livre. Elle m'a parlé de cette scène épique dans *Storytelling*, le film de Solondz, où une auteure dit qu'elle aimerait s'être fait violer pour avoir un traumatisme de jeunesse à exploiter. Le moteur toussote et moi je n'ai rien dit. Je l'ai accompagnée. Je lui ai tenu la main pendant qu'elle prenait sa douche. Elle savait que je capotais. Ma main bouillait. J'étais rouge homard et brisé rare par l'univers.

SAMANTHA FUCKS.DOC
salle d'eau haïku
pleine de la bave étoilée d'une araignée
j'ai huit mains
je m'ennuie d'en avoir quatre
tu as laissé une note sur le rabat du paquet
j'ai écaillé le liquid paper d'entre tes strophes
j'ai nourri mon canard
un poème
illisible
un mot par ligne
il y a trop de parking
trafic inhumain
chambre pour personne
total gaspillage

tu as oublié un chiffre dans ton numéro
ton pot de médicaments
vide
sur le comptoir

Je l'ai laissée seule avec sa peur. Il n'y avait pas de jeu
de marelle dessiné sur le trottoir. La vie, c'était difficile. Être une femme de sa génération : difficile. Chaque
fois que je pile sur une craque, un fennec tousse. J'ha-
bite loin mais j'ai marché quand même, pour réfléchir.
Elle m'a supplié de lui faire l'amour. Tout est toujours
noir en moi depuis. Je suis sorti, j'ai refermé doucement la porte. Je l'ai laissée seule dans cette chambre.
J'aurais dû rester.

la sonnette brisée ?
le tapis peau au pied de la porte
pour le monde entier
du meurtrier équipé au petit poète sensible
peler le tapis
la clé en os
pu une cenne pour l'autobus
vers le téléphone
un vautour fait son nid dans mon utérus
tu as caché notre premier french
dans les souliers de ta coupe de vin rouge
tu as caché ta blonde dans le cendrier
le ciel a bu une petite bière

les nuages font un petit pipi
l'oiseau va se cacher dans le taxi
et moi je le suis

MIKKA

Je ne suis pas resté dans cette chambre. C'était comme
si j'étais parti sans payer. Elle se sentait mal. Plus tard,
elle m'a écrit. Moi, je lui ai répondu de ne plus m'aimer,
puis je me suis retourné : Frédérique était plus belle que
d'habitude et elle ne s'était pas fait violer.

SAMANTHA FUCKS.DOC

omis de ramasser
tes mégots dehors
envie de me mettre
du Tide dans les idées
du Bounce dans l'agenda
je suis cassable aujourd'hui
du cristal
à remplir de champagne
face pixelisée
de glace sèche
aujourd'hui
pas envie de pleurer
hier
l'oiseau avait chié dans mon verre
il est vide
et dans l'armoire
les gens me saoulent

le jardin est plein de mégots
à en cendrer les poumons du party
je vais dans la cuisine
Corona
une vieille échalote crève derrière
Corona
je bois la langue sortie par les yeux
pour dérouler
le mal d'aimer
d'aimer
la graine au soleil
l'apostrophe perchée
le bec à l'air
le mal d'aimer
d'aimer
j'en reviens et je ne sais déjà plus comment y
    retourner
le crâne comme sachet
à émietter
rien écrit depuis une semaine
papier mouillé

MIKKA

Frédérique et moi, on fait l'amour. Elle est consentante. On
ferme les lumières. Nos yeux se connaissent. Nos corps
aussi. Je n'avais plus d'énergie pour raviver la petite fille
qui pleurait sa Chambre Noire. Elle disait qu'elle allait
mourir sans connaître l'amour. Elle avait raison.

moi, je chante pour personne
personne ne fait la file pour les toilettes
personne ne danse
personne ne flashe ses boules
personne n'enlève ses petites culottes pour me les
   lancer
personne ne me demande mon autographe
« Avec amour,
pour Personne Davidson »
« Avec amitié,
pour Personne Tremblay »
« Avec tendresse,
pour Personne Gagnon »

MIKKA

Elle est morte. Personne Gendreau est morte. Done, bye.

Je ferme les yeux, j'ouvre les yeux.

Une prière pour madame Tardif.

La Bible.

Ce petit livre Kobe.

Je n'ai jamais quitté l'hôpital.

Je ne quitterai jamais complètement l'hôpital.

J'y reviens tous les jours pour mes traitements
de radio.

J'ai ce petit foulard coloré et d'innombrables cha-
peaux pour cacher les cheveux que je perds.

Je ferme les yeux, j'ouvre les yeux.

Je suis à L.A.

Toutes les femmes m'arrêtent dans la rue pour
me demander où j'ai acheté mon chapeau.

À Montréal au Tigre Géant, madame.

J'aimerais avoir une réponse plus glamour.

Pourquoi personne ne me parle en anglais?

Je suis à L.A.

Vous êtes belle, madame, avec vos cheveux longs
et soyeux.

Mes cheveux sont plus courts que les vôtres.

Mes cils sont plus longs.

Je ferme les yeux.

Ça chatouille le monde.

À Martine, ma mère, je lègue.
Ce monologue récité par une petite fille
    de cinq ans,
mon bikini à fleurs
et une centaine de fennecs.

MAMAN

Hubert Aquin fait son lavage dans l'eau des larmes de Vickie. Elles sont claires, ses larmes, elle ne s'est pas maquillée depuis un méchant bout. C'est ma fille. Je me suis occupée de ma mère malade, de ma grand-mère à la fin de sa vie et maintenant de ma fille. Je suis préposée aux bénéficiaires de nature. Toutes ces femmes avaient des yeux pers, sauf Vickie. Elle a les yeux bruns, comme son père. Pour essorer les larmes des débarbouillettes où on les recueillait, il est ludique d'opter pour le coup de poing. Essaye, ça défoule. Vickie à cinq ans m'apparaît dans la même robe que sur la photo du frigo. Elle me tend un bikini. Sa voix a vingt-trois ans. Le bikini en a dix-huit.

HELVETICA PROVENCHER.DOC

Je défais mes cheveux. Je cueille des fleurs pour les mettre dans mes cheveux mais je change d'idée. Je ne suis pas jolie avec des fleurs dans les cheveux. Je ne suis pas ce genre de fille, et puis j'ai des fleurs sur mon bikini. Maman, tu disais que j'avais l'air d'un papillon dans ma robe. Je me suis fait tatouer un papillon en haut du mont à vingt et un ans. Le maillot le cache en partie. Maman, j'ai couché avec un homme pour de l'argent. Avec plusieurs hommes pour de l'argent, avec cinq, exactement. Maman, j'ai défait mes cheveux. Maman, des coups durs, j'en mange au petit déjeuner. Maman, j'ai bu tous les jours pendant dix ans. Mercredi passé, j'ai bu six Moosehead pour commencer. J'ai bu deux shooters de calvados pour terminer. J'ai gémi sur une banquette, je m'en souviens moyennement. Entracte de Jameson. Maman, je me suis acheté un vibrateur en rabais au Boxing Day. Le machin qui stimule le clitoris, c'est un lapin. Tu te souviens comme j'aimais les lapins quand j'étais petite? Maman, j'atteins maintenant tous les boutons de la machine à liqueurs, mais je n'attache pas tous les miens. Maman, mon vibro, il est dans le tiroir du haut de ma commode, sous les papiers, ne fais pas le saut. Je suis morte, ne te sens pas mal, tu dois faire le ménage, je comprends.

MAMAN

Hubert Aquin se fait un thé. Marie Uguay enfile son tutu. François Villon, un smoking. J'ignore qui sont ces gens mais ma fille dit qu'ils sont importants. Je les habille. Ils m'accompagnent, je m'en vais me faire bronzer. Je n'ai pas de tattoo mais c'est tout comme. Le bikini me fait aussi bien qu'à elle. La pomme n'est pas tombée loin de l'arbre. Un soir, j'ai fermé les lumières et je l'ai appelée à la cuisine. J'ai allumé les lumières, je me suis écriée : Je suis une licorne. Je tenais un surligneur sur mon front. Elle est tombée de cuteness.

HELVETICA PROVENCHER.DOC

Maman, les hommes m'ont aimée de chair comme toi tu m'aimes d'amour. Le premier s'appelait Michaël, il avait vingt-quatre ans, il voulait m'épouser. C'était trop triste. Il faisait des fouilles rectales à l'aéroport. Pour me payer. Il habitait encore chez ses parents. Pour me payer. Il avait eu une seule blonde dans sa vie. J'ai fait une bonne action. Tu vois comme je suis gentille. Mais je lui ai chargé cher. Je t'ai acheté la montre en bois, c'était ta fête. J'atteins les abreuvoirs mais je ne bois plus d'eau. Maman, j'ai enlevé ma robe et je ne l'ai plus jamais remise. Tout le monde a vu mon papillon. J'ai cerné plusieurs verges de mes lèvres. J'ai fait du lip-synch sur des tounes cochonnes dans le métro. Personne n'entendait. J'avais mes écouteurs. Je faisais du lip-synch, c'était silencieux, je n'ai plus jamais pris le métro. Je ne supportais pas l'incessante procession de gens. Tous ces hommes, tant de clients. J'ai passé la nuit dehors parce que j'avais perdu mes clés. J'ai eu froid. Je croyais que j'allais mourir et c'était très bien ainsi. Le garçon n'habitait pas loin, il aurait pu me trouver. Je t'ai appelée d'une cabine, je suis arrivée chez toi une heure plus tard. J'ai rechargé mon cellulaire toute la matinée. J'ai appelé mon bookeur. C'est là que tout a commencé. Les queues, les feuilles, la carrière de préposée à l'érection. Mon

103

bookeur, il s'appelait Étienne. Faudrait que tu l'appelles pour lui annoncer que je suis morte. Il va être triste, il aimait ça qu'on jase. C'est maintenant le seul appel entrant depuis des mois dans mon téléphone. Tu peux l'appeler Titi. Ça va le faire rire. Je l'ai bien fait rire. Lui, au moins, il ne va jamais m'oublier. Je n'aurais jamais dû défaire mes cheveux. J'ai dans la poche du haut de ma valise noire des trilliards de capotes inutilisées. Je ne les utiliserai pas. Oui, c'est en faisant la pute que je comptais les écouler. Mais ce n'est pas ça qui m'a tuée, maman. Non. Ce qui m'a tuée, c'est d'aimer.

MAMAN

Je me demande si Hubert Aquin, François Villon et Marie Uguay étaient du genre à se faire bronzer eux aussi. Je n'ai rien compris au livre de Vickie. Son ami Mathieu va m'aider à extraire le sens de ce document. Ce livre, il est censé être pour tout le monde. Je suis personne et tout le monde en même temps. Telle mère, telle fille. Fille folle. J'aurais dû flatter mon ventre plus souvent. C'est comme si j'avais mis trop de persil dans tout. Et tout d'un coup, boom, massue. Ma fille est morte. Je dois relire son livre. Je lui ai promis de ne pas l'oublier. Je vais réessayer. Mais, avant, je vais aller dans la cuisine et je vais l'appeler. Je ferme les lumières, j'ouvre les lumières. Vickie ? Vickie ?

J'ai trop de breuvages.
J'ai fait des dégâts partout.
Mes yeux s'écartent du chemin.
Je ne contrôle plus les muscles de mon visage.
Mon regard vogue sans moi.
Je suis comme tout le temps stone.
Mon tutu, c'est plus qu'une couleur dorénavant.
Mathieu aurait fixé les toasts.
Il fixe toujours les toasts quand je mange et qu'il est
    là.
Le matin, je suis toujours seule.
Les Perruches m'a prêté un miroir brisé
    pour mes exercices de diction.
Demain, je déjeune avec la malchance de quelqu'un
    d'autre.
Mon sourire est croche, j'ai une carie.
Être ma bouche, ça ne doit pas être le fun.
Ma main, ce n'est pas trop pire.
Soudainement, j'ai la dent sucrée.
Tantôt je me suis réveillée en shakant comme un
    chihuahua.
Sûrement à cause de la patch de nicotine.
Je focusse sur le positif et l'essentiel.
C'est obligé.
Je pense tout le temps à des desserts,
des champs de desserts.
Ça, c'est positif et essentiel.

À Antoine, mon frère, je lègue.
Ce texte,
cet étui à cigarettes *Terminator*
et une centaine de fennecs.

LE FRÈRE

Toi, mon ostie, je te rentrerais mon poing dans le cul et je ferais des tatas à tes souliers. T'as fait mal à ma sœur. Pis elle m'a rien donné comme information pour te retrouver. Elle sait que je te ferais mal, très mal. Notre père te ferait mal. Même s'il a passé quatre ans à se crisser d'elle, de moi, de nous, il te ferait mal pareil. Le lecteur aussi te ferait mal. Tout le monde te ferait mal. Pas d'exceptions, pas de règles. La vie, c'est pu un carré de sable, pu pour toi. Je paye des cornets de crème glacée aux filles que je trouve jolies, moi. Je les amène à la marina, on se voit perdre des cils tellement on se lâche pas des yeux. Le soleil se couche, je score, j'ai seize ans.

ALMOST SCHWARZENEGGER.DOC

J'aimerais ne jamais avoir connu la douleur. J'aimerais ne jamais avoir ouvert la bouche, prononcé mon premier mot, bonne qu'à marcher, à me faire marcher. Jamais la bouche ouverte des oreilles dilatées. J'aimerais être conne et moche, ne rien comprendre. J'aimerais être morte à douze ans, le cerveau naïf, avec le papier de toilette qui tourne dans le sens des aiguilles d'une montre, innocence barbe à papa. J'aimerais ne jamais avoir enfilé mon premier chandail. Ne jamais avoir eu froid. Ne jamais avoir porté la première veste, la première tuque, le premier gant. Mais surtout, le premier chapeau. Jamais le premier chapeau. J'aimerais ne jamais avoir fait de rollerblade, jamais mis le premier Band-Aid. N'avoir jamais viré la première brosse, jamais pris les premiers Tylenol, jamais les premières amphétamines, jamais la première bouchée de junk food. N'avoir jamais fait les premiers pas en talons hauts, eu les premières ampoules. Jamais la nuit blanche, jamais l'angoisse, l'insécurité. Jamais les autres. Jamais moi-même. Jamais les gens qui pensent tout savoir, jamais les gens qui pensent me connaître. J'aimerais avoir été quelqu'un d'autre et ailleurs.

LE FRÈRE

J'imagine Vickie dehors à la marina me le dire, me le confier, et c'est là que ça commence à finir pour toi. Tu te mets à te sentir pas bien. J'ai des superpouvoirs. Ta peau vire mauve. Pis ta graine. Oh ta graine. Elle vire en jerky. Ton palais coule en lave, tes dents te jaillissent de la gueule. Tu chies des yeux. Tes ongles explosent. Je suis l'enfant soldat qui digère mal son arc-en-ciel. Je suis l'enfant sauvage aux seize mille pouvoirs.

ALMOST SCHWARZENEGGER.DOC

Je suis cette littérature, la littérature honteuse et pleine de regrets. J'ai les paupières cochonnées d'avoir trop souvent fermé les yeux, d'avoir eu trop souvent à le faire. Le goudron que provoque cet éclairage tamisé. Moi refermée sur moi-même, la tête dans l'asphalte, sur la semelle de mes chaussures un panneau de signalisation : Ne va pas là, cul-de-sac, j'en reviens, serre ton kodak. Reste dans les choses simples. Continue à fumer dix plombs de haschich par jour si ça te chante. Continue à payer des cornets à la crèmerie de Sainte-Agathe aux belles filles que tu rencontres.

LE FRÈRE

Vickie nous a reçus à souper, ma mère pis moi avant de retourner à l'hôpital pour la dernière fois. On a pas la même mère, mais elles se ressemblent physiquement. Vickie disait que certains matins étaient particulièrement difficiles. D'avoir les gros yeux allumés à deux heures du mat' après une nuit d'à peine quatre heures. Ces matins-là, elle disait qu'elle trouvait ça mignon de relire mes messages textes. Go la sœur, t'es forte. C'est pas vrai que c'est le fucking cancer qui va t'avoir. Pis elle s'est mise à parler de littérature, de combien c'est important de lire plus loin qu'Anne Rice à' marde. Elle m'a montré une vidéo de fennec qui mange une pomme sans le son pis elle a mis son éternel *Romantic Saxophone HD* en soundtrack. On a parlé de plein d'affaires. De notre grand-mère de Montréal-Nord raciste des Noirs.

Come on, pas fort, déménage. Un plus un égale fucking deux. La sœur, je vais jamais t'oublier.

ALMOST SCHWARZENEGGER.DOC

Quand tu rentres chez toi complètement stone, mens à ta mère si ça te chante. Mais ne te mens jamais à toi-même. N'arrête jamais de chanter, de te chanter des tounes dans la douche, dans la rue, en faisant la plonge au restaurant de ta mère. Ne te prostitue jamais intellectuellement. Ne raconte pas des conneries pour te rendre intéressant. Sois toi-même. Petit ou grand. Sans maquillage. Toujours l'haleine du matin. L'âme n'a pas besoin de Colgate. Ne te vante pas, ne te plains pas. Les mots simples, les sons simples, accordés au genre et au nombre de tes années difficiles. Ne sois pas grand public ni bon public, en fait. Tu peux te cacher toute ta vie dans la cuisine si tu veux. Pas besoin d'exhibitionnisme social. Pas besoin de sauter haut pour être remarqué. Pas le nombre, la qualité. Sois ton petit party privé, sois ta main qui se lève, facile, tout le temps, sur demande.

LE FRÈRE

J'te ferais tellement mal, tellement. Ma sœur, c'est pas une pute. Elle l'a pas cherché. C'est pas comme dans les films. Elle a été danseuse pis elle m'en a jamais parlé. T'as fait ce que t'as fait pis elle m'en a jamais parlé. Elle m'a parlé de fennecs, de l'épisode du *Bus magique.* Ça mange des scorpions, des fennecs. Notre père m'avait acheté un scorpion dans le temps qu'il m'aimait, que

j'étais encore cute. Avoir un scorpion, ça fait plus mâle.
Ma sœur, je suis Arnold, je gouverne la Californie et toi,
tu bois des mojitos pendant que j'écrase avec mes gros
souliers pas fakes la vermine, *Commando* style.

ALMOST SCHWARZENEGGER.DOC

Jamais la première assiette sale. Jamais le premier bou-
chon embué. Ne jamais avoir à me plonger les mains
dans l'eau savonneuse puisque jamais capable d'en sortir,
de m'en sortir, même avec tous les adverbes du monde,
jamais propre. Jamais autre chose que cette autruche
allégorique. Jamais noble. Jamais bien, jamais à l'aise,
jamais bien racontée. Jamais comprise, compréhensible,
appréhendable. Je suis cette littérature punk, andro-
gyne, animale. Je me sens comme de la glace sèche, la
glace qui fait de la fumée. J'ai les idées qui flottent et
les pieds gelés. Je contemple la scène de poésie perfor-
mance et mon regard s'égare dans les détails. Je baisse
les yeux : très gros plan des poils qui repoussent sur mes
jambes. Ça me fait au moins ça de boucler. J'ai le coco
plein de khôl, le coco plein de bébés corneilles. Jamais
la sagesse, jamais les rides. Toujours à me faire fourrer
dans la tête avec des crayons. Silicone love, la fiction,
le mensonge. Tout avaler. Tout ravaler. J'aimerais pouvoir faire le montage de leur petit show et couper tout
ce que je viens de voir sur la scène. Les petits poètes
simulent l'orgasme, collés sur le micro, onomatopées de
circonstance. Je n'en suis pas à un orgasme près. Dos
à dos, face à face, donnez-vous la main et changez de
place. J'ai les idées pleines de seringues. La porte de la

librairie s'entrouvre. Montréal saigne et moi j'écris avec son sang. Ce texte, c'est pas du Seven Up pour l'âme en manque de bulles. C'est de la grappa pour un cœur au seuil du coma éthylique.

LE FRÈRE

Big, si je vois une fois de plus le mot viol prononcé par ma sœur, j'explose. Je compte relire son livre. T'es dans marde.

J'ouvre les yeux.

J'ai scoré une prescription de somnifères.

Ce matin, j'ai écrit des poèmes.

Je vais les donner à Anna.

Elle aime ma poésie.

Je veux lui faire plaisir.

Elle m'a amenée au métro Namur pour que je me
    sente jolie en achetant du nouveau linge.

Le Village des Valeurs, ce n'est plus ce que c'était.

C'est cher et c'est loin.

Je m'ennuie du costumier du Monument-National.

Je ferme les yeux, j'ouvre les yeux.

Je suis Pantalone sur la scène.

J'ai un gros nez en boomerang.

Je ferme les yeux, j'ouvre les yeux.

Je suis Ginette Reno en Aero.

Je fais des bulles de chocolat.

Je fonds au centre de la scène.

C'est doux et je suis chaude.

Je ferme les yeux, j'ouvre les yeux.

Éric Lapointe me fait un show privé.

Mais dans une pièce où je ne suis pas.

C'est weird.

Il porte une chemise brune.

À Mathieu, je lègue.
Ce livre,
mon bas Pikachu
et une centaine de fennecs.

MATHIEU

Mille fennecs passant dans le coin ont fait chacun un tas par terre pour former une étoile satanique. Au beau milieu, l'enveloppe brune. C'est l'enveloppe brune qui contient tout. Vickie m'a toujours trouvé drôle en chandail bedaine. Je vais mettre mon vieux t-shirt de Britney Spears et laisser son ordi réchauffer mon ventre. Je suis un char brun, pas de capot. Marie Uguay en tutu, ma grande amie, la plus importante, avait le cancer du cerveau. Quasiment impossible de s'en remettre. L'adverbe ici devient une question de survie. C'est triste, survivre. Marie Uguay en tutu, c'était grandement, indéniablement mon amie la plus importante. Quand je suis sorti de Notre-Dame la première fois, il y avait un homme en chaise roulante avec un verre vide à terre devant lui, il avait l'air de quêter du gravier, il avait le cou en purée, un corps mou et haché. Elle avait l'air de ça à la fin. De ça avec un tutu. Je l'entends encore. Elle s'est filmée.

Pute Moment, c'est un film expérimental. Le jus rouge triste, le jus noir amer. C'était comme si elle portait des pantalons taille haute en permanence. Des pantalons super serrés. C'était comme si son cerveau couvait un œuf. Un œuf à ne pas frire. Elle a passé sa vie saoule. À la fin, elle ne pouvait plus boire. C'était fini, les dérapes. Dans son ordi, plein de listes et ce livre.

Liste des choses excitantes et folles que j'ai faites saoule

J'ai pissé dans un lavabo chez Marilou.
J'ai bu une gorgée de botch de joint mélangé à de
    la vieille Éphémère.
J'ai tourné autour d'un poteau en me prenant
    pour un pigeon.
J'ai volé le chum de plein de filles
    en couchant avec.
J'ai attaché un gars avec mon g-string au poteau
    du Red Light et j'ai renversé du Sour Puss
    en shots sur son t-shirt de Metallica.

La liste continue sur des pages et des pages. L'affaire du g-string, elle me l'avait racontée. Ça s'était passé dans la ville du viol. Je le sais maintenant. Je le sentais que c'était cette ville. Elle ne voulait plus parler de Val-d'Or. C'était si clair. J'ai tant de choses à digérer. Mon amie s'est fait violer, est devenue pute puis est morte. Grandement? Indéniablement? Je contemple le ciel, les mains en fuck you. Ce n'était pas assez, la voir se dégrader de la sorte ? Il fallait la tuer en plus ? J'ai deux mains et son ordi sur le ventre.

ARE YOU THE ULTIMATE PACMAN.DOC
Tu te dis l'équivalent intello de la fille de bicyc'. Tu portes des bobettes de mime. Tu n'habites nulle part. Zéro dynastie. GPS punk. Tu fais fondre une guimauve avec ton lighter pour en faire du beurre de pin-up. Tu en fais une grosse motte par terre. Tu vas acheter des cartes postales au gift shop. Ton adresse : Montréal, PQ. Tu sors du Bistro de Paris par la porte d'en arrière. Le bar te chie dur. Un étron à talons hauts.

MATHIEU
Arrêtez d'être gentils, arrêtez d'être beaux. Arrêtez de soigner les gens, de les gaver de médicaments avec le sourire. Arrêtez de vous déplacer dans l'urgence avec cette agilité. Arrêtez, les gazelles. Soyez comme moi. Gros boucs, grosses défenses. Faites des gros bruits comme vos machines, avec vos gros pieds dans cette grosse salle. Soyez gros. Moi, je me ferai tout petit. J'irai me lover. Les poètes se lovent. Dans ses joues creuses, tiens. Pendant que les médicaments creusaient des terriers dans ses joues, vous étiez beaux, gros et doux. Moi je pleurais sa mort imminente déjà. Lové tout petit dans une de ses joues malades.

ARE YOU THE ULTIMATE PACMAN.DOC
Yeux jackés, avec cernes DD, tu attaches les deux mèches de ta brassière avec l'élastique qui dépasse de ta manche.

121

Crayon noir silence, veines ballonnées rouges d'un regard hélium. Tu hallucines une ombre avec une cape à l'embouchure de la ruelle. Elle te chuchote que ton sang goûte la sangria.

MATHIEU

Les grosses dames avaient enlevé son soluté. Une de vous doit l'avoir irriguée ce matin. On dirait qu'elle a un stylo de correction planté dans le bras. Le tube d'un stylo rouge. C'est un peu ça. Je vais corriger avec son sang. Elle est partie, alors je peux sûrement partir avec ce stylo. Il n'y a que sa mère et moi ici. Sa mère ne saurait que faire de son sang. Je gonfle mes joues, je suis de vie, moi. Je vais continuer d'aller dans les soirées. Elle va continuer de crier dans mes oreilles cette question qui tue, Es-tu l'ultime Pacman ? Moi, je vais gondoler mes larmes de haut en bas. Mes joues seront boursouflées.

ARE YOU THE ULTIMATE PACMAN.DOC

Toi, le petit poète québécois de souche, dans la soirée mondaine. Tu dis sans cesse que tu as une grosse graine. Que tu es comme un Black albinos. Mais tu calfeutres juste les petits trous, la serrure, jamais la pièce. Tu fourres le monde dans les trous d'yeux, dans les oreilles, mais jamais dans la tête. Tu ne dis jamais rien d'important. Tu joues à touche-pipi avec la littérature.

Je veux juste écrire des paragraphes tous les jours, manger du pâté chinois, finir par écouter son coffret de Brakhage en écrivant d'autres paragraphes. Tous ces sujets qui ne veulent pas mourir. Maîtriser cette écriture baveuse comme elle pour me défouler, vider mon sac de ce qui me lève le cœur et me le fait s'éclater par terre, à défaut d'avoir de belles choses à dire sur les belles choses de la vie. Je suis tanné de lire ces foutues strophes où monsieur parle de cette nymphe, ce sexe tellement magique, unique, pas croyable, le meilleur de ta vie, toujours le nouveau meilleur de ta vie. Tu arrives à la fin du recueil les couilles vidées, les mains collantes, mais tu as encore faim.

ARE YOU THE ULTIMATE PACMAN.DOC

Tu as écrit un poème qui s'appelle « Je ne suis pas un imposteur » et tout le monde a l'impression quand tu le récites que c'est de l'ironie.

MATHIEU

J'ai des petites joues rouges. Je suis une petite personne. J'ai bu un café avant de venir lire son poème sur scène. Je suis l'opérateur de sa littérature, c'est moi qui gère. C'est à moi qu'elle a demandé de lire. Es-tu l'ultime Pacman.doc? Sa mère pleure quelque part. Moi, j'ai cette machinerie entre les mains et mille fennecs qui me suivent partout. Je suis venu vous lire ici sur scène cette question importante.

ARE YOU THE ULTIMATE PACMAN.DOC
Toute ta famille a acheté ton livre.

MATHIEU
Toute sa famille a acheté le sien. Personne ne la comprend. C'est cette question qu'il faut écouter, belle maman, beaux oncles. Are you? The ultimate? Pacman?

ARE YOU THE ULTIMATE PACMAN.DOC
Toi, sur dix générations à venir.

MATHIEU
Son astrologie celtique le disait. Elle allait être posthume. La reine est morte. Elle était si trash, si pétillante, si explosive, tellement de sa génération. François Villon en smoking, en boîtier avec thèmes deletés. L'amour, ne jamais en parler assez, juste parler de ça. Marie Uguay en tutu. Je sais que nous l'avons aimée. Ses amis, sa mère et moi. Si nue, si réelle, princesse de riens.

ARE YOU THE ULTIMATE PACMAN.DOC
Toi, effeuilleuse jusqu'au bout des ongles, qui commences un texte mais le finis pas, pas tout de suite, plus tard, qui le laisses poireauter dans cette infinie sacoche que tu passes tout le temps proche d'oublier au coat check du jour à venir. Tu vis dans une gigantesque couille bleue informe. Les deux dauphins de tes lèvres font un triple saut dans les cerceaux de tes joues, mais tout ce

qui monte redescend. Tu te recrinques la face, la boîte à musique, tu écoutes du Sexy Sushi, tu écris : Suis-je meilleure en tempura ou en sashimi ? Tu es littérale.

MATHIEU

Personne n'aimait comme elle. Personne n'aimera comme elle jamais plus. Amour en Comic Sans, pour que jamais personne ne l'oublie.

ARE YOU THE ULTIMATE PACMAN.DOC

Poèmes de cinq petits vers. Minigo de littérature. Des mots qui se disent la langue sortie, désirables et mal baisés. Désirables d'avoir mangé pour déjeuner les ailes d'une tourterelle BBQ.

MATHIEU

Sa mère avait lavé des bleuets. Elle ne les mangera pas. Je les accumule dans mes joues comme le font les écureuils avec leurs noisettes.

ARE YOU THE ULTIMATE PACMAN.DOC

Et d'avoir servi aux amis, pour le souper, un buffet. Des cailles sautées au beurre d'érable, de la cervelle de gerboise en sauce au vin, un méchoui de bébé phoque, des rouleaux de printemps à l'hippocampe, des chatons dans l'vinaigre, des chips de libellules, des dumplings de hamsters et des brochettes de chihuahuas. De toujours faire juste une bouchée de tout. De manger avec les yeux.

MATHIEU

J'ai faim, j'ai bu un café, c'est déjà trop. Je suis un petit animal fragile. Je shake comme un bébé chihuahua, qu'on m'embroche. Souper littérature : un shitload de choux de Bruxelles et deux, trois médaillons de porc. Je veux correctement m'indigner. Plus besoin de chercher, d'inutilement bouquiner, qu'on me serve la sauce brune en colonnes, qu'on me l'organise dans des cahiers. Qu'on me dise quoi penser : Tu as faim. Tu dois boire du café. Tu dois te rendre dans cette soirée et lire ce texte de ton amie morte. C'est comme ça.

ARE YOU THE ULTIMATE PACMAN.DOC

Toi, avec d'une main ton rouleau compresseur et de l'autre ton crayon gel. Et toi, qui te vomis dans la gueule et qui ouvres grand.

MATHIEU

Arrêtez. La reine se meurt. Vous courez partout et moi je rapetisse. Tous les fennecs crient dans les couloirs de l'urgence. Les cris sortent de son ventre. Le ventre de la bête crie. Tout le monde espère un poème, un petit quelque chose. Arrêtez. Il y aura trop de fennecs. Ce putain de moment final. La fin d'un monde. D'un monde avec elle dedans.

ARE YOU THE ULTIMATE PACMAN.DOC

Ou encore, toi, petite poète en construction, collection Sico, à color dropper tous les dix mots, un garçon aux iris verts de luxure, des idées arc-en-ciel, tu passes plein

de temps sur la décoration intérieure de ton poème et
à peine deux minutes sur l'excavation.

MATHIEU

Cet être contient tout. Ce livre aussi. Elle me rappelle
pourquoi j'aime la littérature. Pourquoi j'aime, point.
Pourquoi j'aime les phrases qui vont dans trente et une
directions. Autant que celles qui ne vont que dans un
sens. J'ai envie de manger des cornichons. De m'immoler
devant un parlement. Les choses simples, ça brille.

ARE YOU THE ULTIMATE PACMAN.DOC

Peut-être aussi toi, qui hausses le ton, qui accélères le
rythme dans le passage pour les mots qui comptent
double. S'emberlificoter, consciencieusement, obséquieux,
lilliputienne, opalescent, iridescent, crépusculaire, ingur-
gité, serendipity, congeniality, poetry. Fièvre latine! À
pomper le gland du dictionnaire! Le prix du meilleur
lexique, sur la table à l'entrée de la Bibliothèque natio-
nale, service de piquette du Ministère et plateau plein
de vieux fromages ayant appartenu à tous les grands
poètes du siècle, mais qui goûtent sweet fuck all.

MATHIEU

Sur la balançoire dans la cour, je regarde et je juge. En
haut, en bas, en haut, en bas, notes bibliographiques, du
même auteur ou presque, tant d'autre caca. Les poètes
s'enverront des chaînes de lettres. Envoie dix collants de
chat glitter comme ceux-ci à dix de tes amis en prenant
bien soin de leur mentionner les règles de la chaîne. Ode,

intertextualité, hommage. Mais les réactions, la critique, non. Il ne reste qu'une chose à faire. Sortir les vidanges.

ARE YOU THE ULTIMATE PACMAN.DOC

Et toi, petite blogueuse, hippie undercover, avec ton minable template de journal de bord KATIMAVIK, toi qui te prends pour Jack Kerouac le pénis renversé par en d'dans. Et puis, bien sûr, comment t'oublier, toi, pédant à lunettes, pour qui l'amour n'est que la zombification du désir sexuel. Toi, qui as le cul rouge d'adversité. Tu as mangé la femme qui t'aime. Crime passionnel, le gun au fond, à chatouiller sa luette vaginale. Maintenant, tu regrettes. Et toi, qui as mangé ta mère, à la rendre folle. Et toi, ton père, à te le suicider. Toi, qui as-tu mangé pour être belle de même ? Et qu'on fasse bomber nos histoires de cœur et de cul du torse, qu'on en fasse des trilogies pour finalement comprendre que c'est les petites choses qui mangent les grosses. Tous à nous manger les uns les autres avec nos textes et nos livres. Tous, à réchauffer les restants les uns des autres, de décennie en décennie, on est devenus de si brillants micro-ondes. À tous, je demande : Est-ce que *Pacman* est un jeu qui se joue seul ? Est-ce qu'à mille on peut gagner ne serait-ce qu'une partie ? Est-ce qu'on ne serait pas tous en train de perdre notre temps ?

MATHIEU

C'est elle qui demande. Are you worth our time ?

Break instrumental.
Les violons grincheux,
le saxophone romantique,
la harpe mélancolique,
les clavecins dévastateurs,
la clochette coquine,
les yeux que l'on ferme puis que l'on ouvre,
les yeux de métal.
Tu penses que le livre est fini,
tu te trompes.
Je pense que la vie c'est fini sans cesse.
Je me trompe.
Je vais finir par ne pas me tromper.
On va tous mourir.
Je ferme les yeux.
Je suis morte dans mon sommeil.
J'ouvre les yeux.
Ting.
Je me promène au-dessus de la tête des amis.
Ils font tous des choses différentes.
Ils ont tous des objets différents entre les doigts.
Les vies continuent.
Raphaëlle magasine,
Mathieu corrige l'épreuve uniforme de français,
Stanislas et Mikka spoonent chacun leur amante,
ma mère pleure,
mon frère pleure,
Anna tient un petit poème entre ses doigts.
Je ferme les yeux.
Je suis à Banff,

l'eau est turquoise,
mon cou aussi.
C'est très important de ne pas me mettre la tête
    dans l'eau.
C'est mon technologue qui l'a dit.
J'ouvre les yeux.
Ting.

Havre de maladie
Chez ma mère
Semaine 2 – Vendredi
Régime : Normal
Dîner
Chambre à soi
Nom : Gendreau, Vickie
Sandwich de crème glacée
Grilled cheese au pain de viande
Salade de cœurs de romaine
Vinaigrette aux framboises
Menthe fraîche
Sel
Poivre
Scorpions en dés
Trempette au ketchup

Ensure aux pacanes
Decadron (1)

PAVILLON C

VICKIE

Tous les jours, depuis le vingt-deuxième traitement, je pense que je vais mourir sur la table de radio, que mon cœur va me sortir du torse, qu'il va exploser. Crises de panique. Je dois toujours garder le dos cambré, exagérément cambré. Mon livre me rattrape, la maladie aussi. Ça m'arrive généralement après avoir mangé. Les palpitations, les yeux en roues de char, l'impression d'être un tas avec une mèche. C'est fini, tout est terminé. Je suis obligée d'avaler plus de pilules, plus souvent, pour éviter d'avoir le sentiment de mourir. Ça ne s'invente pas, tout ça. Rien ici ne s'invente. Tout est raconté. Je me rends au cinquième sous-sol, je scanne ma carte pour qu'ils sachent que je suis présente. Vickie Gendreau est demandée à la salle L. J'y vais. Je patiente dans une des deux salles de déshabillage. Ces salles, elles sont là pour les gens qui doivent se mettre en jaquette pour leurs traitements. Moi, je reste habillée. Les technologues filles aiment ce que je porte. J'ai toujours minimum un compliment. Les filles, ça fait ça, des compliments, quand ça rencontre d'autres filles pour la première fois. C'est comme un mécanisme. D'habitude, Dominic vient me chercher. Aujourd'hui, c'est Alex. On est prêts, tu es prête, allons dans cette salle utiliser cette machine. Essayons de te sauver. Alex a de longs cheveux en couette et maintenant que j'y pense il ressemble un peu à un oiseau. Moi aussi je peux faire des compliments, je suis une fille. Une fille aussi nerveuse et cardiaque qu'un lapin. Dominic est parti en congé de paternité. Je me sens mal, je ne lui ai pas posé les questions. C'est un garçon ou une fille ? Son nom ? Juste félicitations et ça a été un plaisir. C'est awkward entre Dominic et moi depuis que je lui ai dit en m'allongeant sur la machine : Enwèye, pine-moi contre la table, Dominic. On m'installe un masque blanc à trous sur le visage. Les technologues sortent. Alex me parle dans son micro. Le traitement dure quinze minutes. Vers sept minutes, ça se met à goûter le métal dans ma gorge. Il me reste encore huit traitements pour identifier ce goût.

MAXIME

Tu n'es pas venue à mes funérailles ni à ma célébration de vie. Vickie, je suis mort. J'espère que toi aussi. As-tu un numéro pour de la bonne MDMA ? Ça ne se trouve pas à l'épicerie d'ici.

CATHERINE

Pourquoi avez-vous une poupée gonflable dans les bras, mademoiselle ? Où allez-vous ainsi ? Je dépasse le dépanneur. Je me rends à la garderie de Féérique dans la nuit. C'est fermé. Je laisse Vickie Gonflable sur la chaussée et je pleure. Le nez plein de morve. Ce n'est pas beau. Un rossignol vient se poser sur mon épaule. Je me mouche avec.

MIKKA

Je dors. Je me réveille en sursaut. Une botte m'a revolé sur la tête. Ça réveille, une botte. Je me lève doucement. Il ne reste plus de café. Je m'habille pour aller en chercher. Une enveloppe brune m'attend sur le pas de la porte. Il y a un char rouge parké en double. Le voisin se fait livrer une poutine. On est dimanche, il est lendemain de veille, c'est son heure.

STANISLAS

Je fais des cunnis à Samantha dans mon coin alors que toi tu fais ta chimio dans ton bain. Je t'ai envoyé une dizaine de cartes postales pendant mon voyage aux États-Unis. Tu m'as dit les avoir punaisés avec des boucles d'oreilles à une toile laide du IKEA. Tu me l'as dit dans le temps que tu me parlais encore.

VICKIE

Là, aujourd'hui, on est le 22 juillet 2012, je suis à l'hôpital Notre-Dame. Le 21 mai 2012, j'étais à Rouyn sur la scène, en train de me trémousser le bonbon, c'était la fête de ma mère mais turns out que c'était aussi la fête de Pauline, l'infirmière qui s'occupe de mes prises de sang, et c'était aussi la fête de mon médecin de radio, Dr Bahary. Le 6 juin 2012, j'apprenais pour ma tumeur, et c'était la fête de mon père. Mon père, il avait peur d'avoir le cancer des testicules, très peur, il avait passé plein de tests au privé. Il s'est pointé au fameux rendez-vous des résultats, le docteur est sorti pour annoncer le nom du prochain patient. Alain Gendreau. Deux hommes se sont levés. Il y avait un autre Alain Gendreau juste là, devant lui. Cet autre Alain Gendreau avait non seulement le même nom mais un rendez-vous juste avant le sien. Ils ont dû sortir leurs cartes d'assurance maladie pour que le médecin associe les résultats aux bonnes gosses. Demain, c'est mon vingt-quatrième traitement. Il sera suivi d'un massage. C'est dix piastres pour une heure. Par madame Verdi, qui est elle aussi née le 14 avril, comme moi. Elle le savait pour le *Titanic,* qui a coulé à notre fête mais pas pour Alexandre Jardin. Elle doit bien se crisser d'Alexandre Jardin, son nom de famille est autrichien, c'est mille fois plus glamour. Alexander Who ? Who cares.

TRAITEMENT 24.DOC

Machine, je me sens comme un tas d'organes, j'ai peur. Alex va être obligé de découper dans mon masque des trous pour les narines et la bouche avant le traitement de demain. J'ai acheté un CD pour me calmer. Je mets toutes les chances de mon bord. Je suis allée au Musée d'art contemporain cet après-midi. J'avais oublié mon chapeau et le soleil devant l'entrée du musée n'épargnait personne. Je me suis mise à l'ombre pour fumer mes cigarettes. L'ombre, ça me faisait penser à toi, machine. J'aimerais te filmer en action. Peut-être que je devrais demander à ce que ma mère reste avec moi dans la salle tout le long du traitement et me parle. Je vais prendre des grosses respirations avant et pendant. Tu m'épuises, et ma pulsion de vie, tu la fracasses. J'ai l'impression d'être un tas d'organes avec une mèche.

VICKIE

Stanislas, homme que j'aime mais qui ne m'aime pas édition 2012, je ne peux plus parler, de tout, de rien, de mes traitements. De mon quotidien. Homme de ma vie mais moi pas femme de la tienne, je passe déjà trop de temps sur Facebook puisque c'est là que je te rejoignais, c'est sur Facebook que j'allais t'attendre. Attendre que tu te connectes pour te parler du nouveau papillon, le grand porte-queue, attendre que tu te connectes pour te parler de ma pièce, attendre que tu te connectes pour te parler de ma journée, de mon thé à la rose, de mes biscuits au chocolat noir, de tout ce qui m'anime le quotidien, du plus infime détail. De mes gâteaux au citron, de celui d'Isabelle, de celui de mon beau-père, et les comparer. Rire de toi avec toi. Te décrire dans le détail l'expo *Zoo* au Musée d'art contemporain. Le hibou qui dort, les crabes qui se dévorent eux-mêmes, les crânes humains sertis de pierres. Je le sens, comme c'est difficile de vivre sans toi aujourd'hui. On aurait été censés être en chemin vers Sudbury en ce moment. J'aurais

fait des biscuits pour la route. J'aurais fait des sand-
wichs pas de croûtes. J'aurais amené des cigarettes électroniques, celles que Francis m'a données pour que je
fume moins.

RAPHAËLLE

Elle avait la même date de fête que sa massothérapeute,
elle n'est pas allée aux funérailles de Max, les séries n'ont
jamais été à reconstruire. Elles ont toujours été là, sages,
à l'attendre, à attendre sa fin imminente. Moi et mes
guenilles, on ne sait plus dans quel ordre se placer dans
la phrase. C'est les guenilles qu'on doit placer devant,
même aujourd'hui? Aujourd'hui, ce n'est la fête de personne. Aujourd'hui, elle est morte.

TRAITEMENT 25.DOC

L'infirmière m'a donné une pilule bleue avant mon traitement. Je suis entrée, j'ai posé mon poème à tes pieds
de machine. J'ai donné le CD de Grimes au technologue.
Skip la première. Il avait fait des trous pour mon nez et
ma bouche sur mon masque. Il m'a parlé tout le long,
ou peut-être que c'était la technologue fille. Je sais en
tout cas que je n'ai pas vu de chats méchants comme
des scans de dentistes couronnés de poil comme hier.
J'ai vu des taches d'encre. Ça avait l'air doux, doux,
doux, pourtant. Fuzzy danger. Tout est dans la pilule
bleue. Elle vient de me sauver pour la suite de mes traitements. C'est à elle que je vais devoir écrire dorénavant.
Tu comprends, belle machine d'amour. J'ai un sourire

niaiseux et j'enfile les cigarettes. Mon café est chaud.
L'air climatisé est installé. Mon oncle est passé cet après-
midi. Mon père doit passer plus tard. Il va me laisser des
sous. Je suis rendue pas mal pauvre avec l'aide sociale.
Quand je dansais, je pouvais faire jusqu'à trois mille
dollars en une semaine, à Fermont jusqu'à cinq mille.
Bien manger, ça me suffit comme luxe. J'aime cuisiner
pour les amis. Ils viennent me visiter dans mon havre
de maladie. Je les remercie en leur laissant des biscuits
ou des hauts de cuisses de poulet au Boursin. Je ne suis
pas morte encore, je ne suis pas écœurée de mourir mais
guérir, c'est long. Guérir, ce n'est pas garanti mais on va
essayer quand même. On va être l'équipe de football et
toutes les cheerleaders à la fois.

ANNA

Je veux faire de l'art avec son masque de radio. Je n'ose
pas en parler à sa mère ni à Mathieu. Il est encore trop
tôt. Il faudrait que je me rende au département de radio-
oncologie et que je demande. Puis-je avoir le masque
de Vickie, le masque où vous avez fait deux trous pour
les narines et un trou pour la bouche ?

MATHIEU

Anna l'a emmenée au Musée d'art contemporain. Anna
l'a emmenée au MAC. Vickie avait un Mac. Elle me l'a
légué. Je l'ai mis sur mon ventre. Sa mère me l'a donné.
Je l'ai vidé.

Douce ovale pilule bleue, tu es si belle de jour et tu me knockes si bien la nuit. Tu me calmes la patate. Tu fais de mon cœur une frite et de mon sang du ketchup, comme dans la chanson. Ô douce pilule bleue, avec ton petit look de Viagra, avec tes airs de vacances hors taxes, tu me coûtes cher. Mais oh que tu me fais du bien. Tu me fais ce qu'il faut, tu me le fais comme il faut.

VICKIE

On est le 27 juillet 2012. C'est le jour de la vraie fête de Mathieu. Il se choisit chaque année une fausse date de fête généralement en septembre ou en novembre. On s'est rencontrés à sa vraie fête. Il m'avait plaquée contre le mur de l'entrée d'une boutique au coin des Pins et St-Lau. Naguère, jadis, quand on se voulait encore. Tout est mieux cérébral que corporel. En veux-tu d'autres, des chiffres? Je suis rendue à vingt-quatre pilules et demie aujourd'hui. Je coûte trois cent mille piastres à l'État pour ma guérison, environ. C'est mon infirmière pivot qui aime les chiffres ronds. Moi, tous les chiffres, je les déteste. J'aime les lettres, les initiales, les mots (V. G. mange des animaux morts). Tu fermes les yeux. On ouvre les lumières rouges à l'arrière du stage. «Living Dead Girl» de Rob Zombie part. Un remix d'ordi de DJ. Si tu n'as pas la toune originale, faut le dire, bé. Mathieu capote. Il se dit que mes fuck-me boots, c'est un choix adéquat. Il va enfin me voir danser. Je ne monte pas les marches. Je fais signe au DJ. Il met mon CD, un peu en crisse.

142

ANNA

Vickie est entrée dans la pièce dripping in gold. Dripping in, oui, c'est du British slang. Vickie avait le cerveau moucheté de freckles à la Pollock et moi je me demande ce que Picasso dessinait sur ses strudels. Je la regarde tourner autour de son poteau avec ses fuck-me boots et ça me calme. C'est ainsi que je veux la voir dans mes souvenirs. Gold et nue.

MAMAN

Je ne veux pas voir ma fille se dénuder. Elle m'a invitée, elle m'a obligée. Elle veut que je puisse me souvenir de tout, moi aussi. Je veux me souvenir d'elle à cinq ans pour toujours. Encore vierge et naïve dans cette belle robe qui lui donnait l'air d'un papillon.

STANISLAS

Je ne me rappelle plus pourquoi j'ai cessé de vouloir baiser avec. Tous les gars la fixent, la veulent. Elle est agile. Petit feel miraculé.

LE FRÈRE

Go, la sœur, t'es la plus forte. Char Rouge danse autour du petit poteau dans ma main. Je me dis que Char Rouge pourrait être partout, que ça pourrait être n'importe qui ici. Tu m'as fait rentrer. Ils le savent que je suis trop jeune mais ça a pas l'air de les déranger. Premier stage du shift de midi. C'est de toi dret comme ça que je veux me souvenir. Les jambes enlacées au zénith de la pole. Ma sœur est plus flexible que la tienne.

VICKIE

La rapide est faite, go pour la slow. « The Hardest Button to Button », le remix de Golden Filter, part. Je remonte sur le stage avec ma robe multicolore.

LE DJ

Et maintenant, veuillez accueillir sur le stage la très sensuelle Lily ! Suivie back à back de l'excellente Kimora ! Faites du bruit pour un show d'lesbiennes. Elles, elles se mangent pour de vrai !

VICKIE

Ma robe a l'air d'une harpe, je joue un riff, twiste mon mamelon pour la distorsion. Mes pédales me montent à la mi-cuisse, plus de grip sur la pole, je me mets la tête à l'envers. Sur le beat, toujours sur le beat, je descends au sol rapidement. Mes talons résonnent sur le stainless, l'écho me pogne dans le ventre, j'enlève mon g-string. Sur le beat, en le faisant zigzaguer par en bas, sur le beat. Toujours sur le beat.

Je ferme les yeux, j'ouvre les yeux.

Une chose par jour, un pas, un agenda rouge.

Je vais quelque part.

Je parle à quelqu'un.

Je ferme les yeux, j'ouvre les yeux.

Je regarde par la fenêtre.

Je ferme un œil, je tape à une main.

Le filet de fumée.

J'ai la peau de plusieurs teintes.

J'ai pris plus de vingt minutes de soleil mais pas
    trente, pour avoir l'air moins malade.

Je pense au preneur de son des *Archives de l'âme,*
    le documentaire sur la Nuit de la poésie de 1970.

J'ai pensé à lui plusieurs fois cette semaine.

J'aime m'imaginer sa voix.

Sa vie à capter la voix des autres avec des micros
    défectueux.

De tout, d'absolument tout, et de rien.

Je vais me souvenir de tout, c'est obligé.

Surtout des silences.

Je garde les yeux fermés longtemps.

À Anna, je lègue.
Cinq petits poèmes,
cette écharpe en léopard
et une centaine de fennecs.

ANNA

L'infirmière avait dit à sa mère qu'il ne fallait jamais cesser de croire aux miracles. C'est foutrement heavy. Tu ne veux pas qu'on parle de miracles lorsqu'on évoque ta guérison. Prends des biscuits pour emporter, Anna, que Vickie me disait tout le temps. Elle m'avait fait des biscuits avec du mélange à pouding pour qu'ils restent moelleux. Elle les avait faits pendant son congé d'hôpital. Elle avait acheté des petites boîtes vert lime pour les y emballer. La clé USB aussi est vert lime, l'enveloppe est brune, le livre est mauve.

NINJA.DOC

la tortue empaillée
sur mon bureau
me regarde regarder
le document blanc
au moins ça d'écrit

ANNA

Je ne demande pas grand-chose. Je m'entends très bien avec moi-même, je me suffis. Mais récemment, l'apparition d'un garçon. Mon lit semble tout petit soudainement. Je me demande si, une fois la semelle de ses souliers usée, ses pieds se sentent comme deux filles ex æquo dans un concours de wet t-shirt. J'ai rencontré ce garçon il y a deux semaines. C'est voué à l'échec, je déménage à Ottawa. Je lui offre quand même un biscuit. Just one bite. It's enough. Believe me. Ceux-ci, c'est impossible d'y résister. Mais essaye. Just one. Il y a des livres sur lesquels il faut éviter de se pencher. Il y a des biscuits qu'il vaut mieux éviter de manger. Retour, achat, liste, partir sans la finir. A, b, c, d, e, fais-moi l'amour, g, h, i, je veux, k, l, m, n, o, poisson d'avril, q, r, s, t, u, v, w, x, you stimulate my ventral tegmental area, z. Je t'aime, moi non plus. Gloups.

WHITE TRASH.DOC

le lion albinos on top
d'la food chain
en serait-il ainsi
si la jungle entière
nageait dans l'bleach
le soleil fait pâlir mes cheveux
je suis dans la course
dans les bleachers le monde cheer
je me cure les dents avec le javelot
à l'abri

sur le banc
je pourrais me faire des broches avec le chemin de fer
à l'abri
sur le banc
mais je vais dire quelque chose d'intelligent
encore

ANNA

L'écureuil se fait un nid dans le coude de l'arbre sur
lequel ma fenêtre donne. L'écureuil, c'est mon ami. Il a
un tout petit cerveau. Il nous oublie souvent. Comme
en ce moment, il est perché sur l'échelle des voisins,
aux aguets, il me fixe. « Moi, écureuil, moi, caméra de
surveillance. » Avec, dans ses mouvements de tête sac-
cadés, les différents plans sur téléviseurs photographi-
ques. Un stop-motion du regard attendri que je lui lance.
Je suis rendue buddy-buddy avec les rongeurs depuis
que je lis de la poésie.

CHANTILLY.DOC

allumé
vif
je voudrais une light switch dans mes caleçons
tête de chevet
un gros tiroir
un plus petit
du lubrifiant
je voudrais un congé de maquillage
la même chemise fleurie

mais moins d'accessoires
des boxers crasseux
avant même d'avoir été enfilés

ANNA

Au dernier déménagement, toutes mes possessions rentraient dans une caisse de douze. Aujourd'hui, c'est dans un paquet de cigarettes. Je ne fume même pas, je voyage juste léger. Je vais ranger le plus de choses possible dans les petits boîtiers verts où elle mettait les biscuits qu'elle m'offrait. Mes bijoux pour commencer. Les boucles d'oreille que je me suis achetées au métro Namur, mes colliers, mes bagues, déjà plus de place. Je rangerai tous ces petits poèmes qu'elle me lègue dans ma bouteille d'hydromel une fois vidée. J'inscrirai «Cocktail Molotov» sur l'étiquette.

BOMBAY SAPHIQUE.DOC

la piscine a écarté ses lèvres
enlevé son veston
rangé le linge d'hiver
quelques blocs de glace
gin tonic géant
le jour
ouvre grand la gueule
gros ventre de garage
ventre de lait
l'été est une belle fille qui se pense moche

On est tous réunis au parc Laurier pour sa célébration de vie. Tout le monde boit du fort. Mathieu a de la bière de microbrasserie, moi ma bouteille d'hydromel entamée hier. Stanislas et Mikka ne sont pas là. Catherine boit du vin avec Samson. Ils ont acheté une poupée gonflable au sex shop. Elle est dans le sac rouge sur la table. J'aime que les amis aient apporté des verres. Je ne les connais pas tous. Ils sont arrivés trop tard. Allumez les lumières. Party fini. Ce n'est pas grave. Ils sont là quand même. Ça fait joli sur un CV, de s'être pointé à la célébration de vie d'une fille qu'on a connue et surtout d'avoir apporté des ballons. Ça, c'est joli dans les conversations. Quand même. J'ai beaucoup de respect pour les gens qui boivent leur fort dans de petits ballons avec quelques glaçons et peut-être un autre ingrédient pour poétiser l'aventure. Il y a tant de poètes ici. Tant mieux. Tous les écureuils veulent être mes amis ici. L'hydromel les attire. Peut-être est-ce aussi la mélancolie… Je ne bois pas pour oublier mais pour supporter. Cette bouteille pour trouver le courage de lire ce dernier poème. J'ouvre mes yeux mouillés.

WAVES.DOC

on va-tu dans l'Sud
dret là
checker les waves
sans rien dire
pendant cinq ans d'temps

Table des matières

CRÉDITS ET REMERCIEMENTS

Les Éditions du Boréal reconnaissent l'aide financière du gouvernement
du Canada par l'entremise du Fonds du livre du Canada (FLC) pour leurs
activités d'édition et remercient le Conseil des arts du Canada pour son
soutien financier.

Les Éditions du Boréal sont inscrites au Programme d'aide aux entreprises
du livre et de l'édition spécialisée de la SODEC et bénéficient du
programme de crédit d'impôt pour l'édition de livres du gouvernement
du Québec.

Couverture : photo © Le Quartanier/Christian Blais

MAQUETTE : LES ÉDITIONS DU BORÉAL
MISE EN PAGES : LE QUARTANIER ÉDITEUR

CE DEUXIÈME TIRAGE A ÉTÉ
ACHEVÉ D'IMPRIMER EN MARS 2014
SUR LES PRESSES DE L'IMPRIMERIE GAUVIN
À GATINEAU (QUÉBEC).